Siempre a mi lado

Betty Neels

Tiempo para ti®

Editado por HARLEQUIN IBÉRICA, S.A.
Hermosilla, 21
28001 Madrid

© 2001 Betty Neels. Todos los derechos reservados.
SIEMPRE A MI LADO, Nº 1731 - 11.12.02
Título original: Always and Forever
Publicada originalmente por Mills & Boon, Ltd., Londres.

I.S.B.N.: 84-671-0117-2
Depósito legal: B-45112-2002
Editor responsable: M. T. Villar
Diseño cubierta: María J. Velasco Juez
Fotomecánica: PREIMPRESIÓN 2000
C/. Matilde Hernández, 34. 28019 Madrid
Impresión y encuadernación: LITOGRAFÍA ROSÉS, S.A.
C/. Energía, 11. 08850 Gavá (Barcelona)
Fecha impresión Argentina:4.8.03
Distribuidor exclusivo para España: LOGISTA
Distribuidor para México: PUBLICACIONES SAYROLS, S.A. DE C.V.
Distribuidores para Argentina: interior, BERTRAN, S.A.C. Vélez
Sársfield, 1950. Cap. Fed. / Buenos Aires y Gran Buenos Aires,
VACCARO SÁNCHEZ y Cía, S.A.
Distribuidor para Chile: DISTRIBUIDORA ALFA, S.A.

CAPÍTULO 1

SE CERNÍA una tormenta: el cielo azul de la tarde veraniega desaparecía poco a poco tras negros nubarrones, claro anuncio de lluvia sobre la plácida campiña de Dorset. La joven, que estaba recogiendo la ropa seca de la cuerda, oteó el horizonte antes de entrar con la cesta llena en la cocina.

Era una joven no muy alta de agradables curvas, y si bien su rostro no era bonito, tenía unos hermosos ojos castaños. Llevaba el cabello, de color cobrizo, recogido en un moño alborotado en la coronilla y un vestido de algodón bastante usado.

Dejó la cesta en el suelo, cerró la puerta y fue a buscar velas y cerillas. Luego buscó dos quinqués, porque lo más probable era que hubiese un corte de luz durante la tormenta.

Avivó el fuego de la cocina de leña, puso el agua a hervir y dirigió luego su atención al viejo perro y al gato; lleno de cicatrices de guerra, que esperaban pacientemente su comida. Al tiempo que les llenaba sus cuencos respectivos les habló, porque la inquietaba la extraña quietud que precedía a la tormenta. Hizo el té y se sentó a beberlo mientras los primeros goterones comenzaban a caer.

Con la lluvia se levantó un viento que le hizo recorrer la casa cerrando ventanas. Un relámpago relució en el cielo y lo siguió un trueno ensordecedor.

—Bueno, seguro que con esta tormenta ya no vendrá nadie —les dijo la joven a los animales, de nuevo en la cocina.

Se sentó a la mesa y el perro se tumbó a su lado. El gato le saltó al regazo. Cuando la bombilla titiló, encendió una vela antes de que la luz se apagase del todo. Hizo lo mismo con los quinqués, llevó uno al vestíbulo y volvió luego a la cocina. Lo único que podía hacer era esperar que pasase la tormenta.

Retumbó otro trueno y en el silencio que lo siguió se oyó el timbre de la puerta, tan inesperado que ella se quedó sentada un momento, sin poder dar crédito. Pero cuando el timbre volvió a sonar, la joven se apresuró a dirigirse a la puerta con el farol en la mano.

Había un hombre en el porche. La joven levantó el quinqué alto para poder verlo bien. Era muy alto, le sacaba más de una cabeza.

—He visto el cartel. ¿Nos puede alojar esta noche? No quiero seguir conduciendo con esta tormenta.

Hablaba pausadamente y parecía sincero.

—¿Cuántos son?

—Mi madre y yo.

—Adelante —dijo ella, quitando la cadena para abrir la puerta. Miró más allá de él y preguntó—: ¿Ese es su coche?

—Sí. ¿Tiene garaje?

—Al costado de la casa hay un granero. Tiene la puerta abierta. Hay mucho espacio.

Él asintió con la cabeza y volvió al coche para ayudar a su madre a bajarse.

–Vuelva a entrar por la puerta de la cocina –dijo la joven, guiándolos hasta el recibidor–. Enseguida le abro. Al salir del granero, es la puerta que verá cruzando el patio.

El hombre volvió a asentir con la cabeza y salió. Un hombre de pocas palabras, supuso ella. Se dio la vuelta para mirar a su segundo huésped. Era una mujer alta y guapa de cerca de sesenta años, que vestía con discreta elegancia.

–¿Quiere ver su habitación? ¿Y desearían algo de comer? Ya es tarde para ponerse a cocinar, pero les puedo hacer una tortilla francesa o huevos revueltos con beicon.

–Soy la señora Fforde –se presentó la señora, extendiendo la mano–, con dos efes. Mi hijo es médico. Me llevaba al otro lado de Glastonbury, pero se a hecho imposible conducir con estas condiciones. Su cartel fue como un regalo del cielo –tenía que levantar la voz para que se la oyese por encima del ruido de la tormenta.

–Yo soy Amabel Parsons –dijo la joven, estrechándole la mano–. Siento que tuviesen un viaje tan desagradable.

–Odio las tormentas, ¿usted no? ¿Está sola en la casa?

–Pues sí, estoy sola. Pero tengo a mi perro Cyril y a Oscar, el gato –dijo Amabel y titubeó–. ¿Quiere pasar al saloncito hasta que vuelva el doctor Fforde? Luego pueden decidir si quieren comer algo. Me temo que tendrán que subir a sus habitaciones con una vela.

Cruzó el recibidor hasta un salón pequeño en el que había un cómodo tresillo y una mesa redonda pequeña. A ambos lados de la chimenea, estantes con libros cubrían las paredes. Amabel cerró las cortinas de un gran ventanal antes de depositar el quinqué sobre la mesa.

—Iré a abrir la puerta de la cocina —dijo, y corrió a la cocina a tiempo para abrirle al doctor.

—¿Las llevo arriba? —preguntó este, refiriéndose a las dos maletas que portaba.

—Sí, por favor —dijo Amabel—. Le preguntaré a la señora Fforde si quiere subir a su habitación ahora. ¿Querrán algo de comer?

—Desde luego que sí. Es decir, si no resulta demasiado trastorno. Cualquier cosa: unos sándwiches...

—¿Tortilla francesa, huevos revueltos, huevos fritos con beicon? Como le he dicho a la señora Fforde, es un poco tarde para ponerse a hacer algo más complejo.

—Estoy seguro de que a mi madre le encantará una taza de té —sonrió el doctor—. Y unas tortillas francesas me parece bien —miró a su alrededor—. ¿No hay nadie más en la casa.

—No —respondió Amabel—. Los acompañaré arriba.

Les dio las dos habitaciones que daban a la parte delantera de la casa y señaló luego el cuarto de baño.

—Hay agua caliente en abundancia —dijo antes de volver a la cocina.

Cuando sus huéspedes bajaron al poco rato, había puesto la mesa y les ofreció unas tortillas francesas hechas a la perfección, tostadas con mantequilla y una gran tetera.

La tormenta finalmente amainó después de la medianoche, pero para entonces Amabel, que había lavado los cacharros de la cena y preparado la mesa para el desayuno, estaba demasiado cansada para notarlo.

Se levantó temprano, pero también lo hizo el doctor Fforde, que aceptó el té que ella le ofreció antes de salir y dar una vuelta por el patio y el huerto acompañado por Cyril. Al rato volvió y se quedó en el vano de la puerta de la cocina mirándola preparar el desayuno.

—¿Cree que la señora Fforde querrá desayunar en la cama? —preguntó Amabel, cohibida por su mirada.

—Me parece que le encantará. Yo tomaré el mío aquí con usted.

—No, no puede hacer eso —dijo ella, sorprendida—. Quiero decir que tiene la mesa puesta en el salón. Le llevaré el desayuno en cuanto esté listo.

—No me gusta comer solo. Si pone lo de mi madre en una bandeja, se la subiré en un momento.

Era un hombre afable, pero Amabel tuvo la impresión de que no le gustaba discutir. Le preparó la bandeja y cuando él volvió a bajar y se sentó ante la mesa de la cocina, le puso delante un plato de beicon, huevos y champiñones, añadiendo luego las tostadas y la mermelada antes de servir el té.

—Siéntese y tome usted también su desayuno —invitó el doctor—, y cuénteme por qué vive aquí sola.

Era como un hermano mayor o un tío amable, así que ella aceptó, mirando cómo saboreaba la comida del plato, con evidente placer, antes de untar una tostada con mantequilla y mermelada.

Amabel se sirvió una taza de té, pero dijese lo que dijese, no iba a desayunar con él... El médico le pasó la tostada.

—Coma y dígame por qué vive sola.

–¡Pero bueno…! –dijo Amabel, pero luego, al encontrarse con su mirada amable, añadió–: Es solo por un mes. Mi madre se ha ido a Canadá a acompañar a mi hermana mayor, que acaba de tener un bebé. Era un momento magnífico para que fuera, ¿sabe? En verano tenemos muchos huéspedes, así que no estoy sola. Es diferente en el invierno, por supuesto.

–¿No le preocupa estar sola? ¿Y los días y las noches en que nadie viene a alojarse?

–Tengo a Cyril –dijo ella, a la defensiva–. Y Oscar es una compañía espléndida. Además, está el teléfono.

–¿Y su vecino más próximo? –preguntó él sin alterarse.

–La señora Drew, una anciana que vive después de la curva hacia el pueblo. Además, el pueblo está a menos de un kilómetro –dijo Amabel, todavía desafiante.

Él le pasó su taza para que le sirviese más té. A pesar de sus valientes palabras, sospechaba que ella no se sentía tan segura como quería hacerle ver. No era una belleza, pensó, pero tenía unos ojos hermosos y una bonita voz. No parecía interesarse en la ropa; la falda vaquera y la blusa floreada estaban impolutas y recién planchadas, pero pasadas de moda. Sus manos, pequeñas y con una bonita forma, mostraban señales de realizar trabajo físico.

–Una mañana hermosa después de la tormenta –dijo él–. Tiene un huerto agradable allí atrás. Y una vista magnífica.

–Sí, es una vista espléndida todo el año.

–¿Se quedan aisladas en invierno?

—Sí, a veces. ¿Quiere más té?

—No, gracias. Veré si mi madre está lista para marcharnos —sonrió—. El desayuno estaba delicioso.

Pero no demasiado amistoso, reflexionó. Amabel Parsons le había dado la clarísima impresión de que quería que se fuese cuanto antes.

Una hora después se habían ido en el Rolls Royce azul oscuro. Amabel se quedó en la puerta, mirándolo desaparecer tras la curva. Había sido providencial que apareciesen en mitad de la tormenta: la habían mantenido ocupada y no había tenido tiempo de tener miedo. No le habían causado ninguna molestia y el dinero le vendría bien.

Sería agradable tener un amigo como el doctor Fforde. Sentada con él durante el desayuno, la había asaltado el deseo de explayarse, contarle lo sola y, a veces, lo asustada que se sentía. Lo cansada que estaba de hacer camas y desayunos para un extraño tras otro, de mantenerlo todo funcionando hasta que su madre volviese, y todo el tiempo simulando que era una mujer competente capaz de apañárselas perfectamente sola.

Había tenido que hacerlo, porque de lo contrario los vecinos bienintencionados del pueblo habrían disuadido a su madre de que se fuese, o incluso sugerido que Amabel cerrase la casa y se quedase con una tía abuela de Yorkshire que apenas conocía.

Amabel volvió a entrar, sacó sábanas limpias y cambió las camas con la esperanza de que llegasen otros huéspedes más tarde. Preparó las habitaciones, inspeccionó el contenido de la nevera y del congelador, tendió las sábanas lavadas y se preparó un sándwich antes de irse al huerto con Cyril y Oscar. Los tres se sentaron en el viejo banco, lo suficientemente apartados del sendero como para no oír si alguien llamaba. Y eso sucedió justo cuando estaba a punto de tomar el té.

El hombre que estaba a la entrada se dio la vuelta, impaciente, cuando ella llegaba.

—He llamado dos veces. Quiero alojamiento con desayuno para mi esposa y mis dos hijos.

Amabel miró el coche. Había un joven ante el volante y una mujer y una joven en el asiento trasero.

—¿Tres habitaciones? Desde luego. Pero debe saber que hay un solo cuarto de baño, si bien cada habitación tiene un lavabo.

—Supongo que es todo lo que se puede pretender por estos lares —dijo el hombre con grosería—. Nos equivocamos en una intersección y hemos venido a parar aquí, al fin del mundo. ¿Cuánto cobra? ¿Incluye un desayuno como Dios manda?

—Sí —dijo Amabel. Como su madre decía, «hay de todo en la viña del Señor».

Las tres personas del coche se bajaron e inspeccionaron sus habitaciones con comentarios en voz alta sobre la antigüedad de los muebles y el único cuarto de baño, que les pareció viejo. Y querían merendar: sándwiches, bizcochos y tarta.

—¡Y mucha mermelada! —gritó el joven cuando ella se iba.

Después de merendar le preguntaron dónde estaba la televisión.

—No tengo.

—Todo el mundo tiene una tele —dijeron, incrédulos.

—¿Qué haremos esta noche? —se quejó la joven.

—El pueblo está a menos de un kilómetro —dijo Amabel—. Hay un pub y se puede comer, si lo desean.

Resultó un alivio verlos volver a subir al coche y alejarse.

Puso la mesa para el desayuno y ordenó la cocina antes de hacerse algo de cenar. Era una tarde hermosa, con bastante luz todavía, así que volvió a sentarse en el banco del huerto. El doctor Fforde y su madre ya estarían en Glastonbury, supuso, con su familia o sus amigos. Seguro que él estaba casado con una joven bonita y elegante, tenían un niño y una niña y vivían en una casa amplia y cómoda. Él conducía un Rolls, debía tener un gran éxito profesional si podía permitirse ese coche. O quizá fuera de una familia adinerada.

Al darse cuenta de que pensar en aquello la ponía triste, además de hacerle perder el tiempo, volvió a entrar y preparó la factura de los huéspedes. Quizá no tuviera tiempo por la mañana.

Al día siguiente se levantó pronto. Le habían pedido el desayuno a las ocho. Después pagaron la cuenta, no sin revisarla y hacer comentarios ácidos sobre la falta de modernidad.

Por cortesía, Amabel esperó a que se alejasen y luego metió el dinero en la vieja lata de té del aparador. Su contenido iba aumentando, ¡pero vaya si le había costado ganárselo!

Fue a las habitaciones, que, tal como supuso, encontró en un estado lamentable. Para el mediodía todo había recuperado su orden y limpieza habituales y tenía la lavadora acabando una colada de sábanas. Se hizo unos sándwiches y volvió con los animales al huerto a leer una carta de su madre que le había llevado el cartero. Todo iba estupendamente, escribía. El bebé crecía muy deprisa y ella había decidido quedarse unas semanas más, ya que *supongo que no podré volver hasta dentro de uno o dos años, a menos que algo inesperado suceda.*

Tenía razón. Su madre había pedido un préstamo al banco para poder financiarse el viaje y, aunque era poco, tendría que acabar de pagarlo antes de volver a ir.

Amabel se metió la carta en el bolsillo, dividió los sándwiches que quedaban entre Cyril y Oscar y volvió a entrar a la casa. Quizás alguien apareciese a la hora de merendar, así que mejor sería preparar una tarta y unos bizcochos.

Por suerte lo hizo, porque acababa de sacarlos de la cocina de leña cuando sonó el timbre y dos señoras mayores preguntaron si las podía alojar y darles el desayuno a la mañana siguiente.

—¿Quieren compartir una habitación con dos camas? —les preguntó, porque no parecían tener demasiados medios—. Cuesta lo mismo para una persona que para dos —les dijo el precio y añadió—: Con los desayunos, por supuesto. ¿Quieren merendar?

—Sí, por favor —dijeron las señoras tras consultarse con una mirada—. ¿Nos podría dar una cena ligera luego?

—Por supuesto. ¿Quieren traer las maletas? El coche puede dejarlo en el granero.

Al día siguiente, después de que las ancianas se fueran, dejando la habitación tan ordenada como si no hubiesen estado allí, Amabel metió el dinero en la lata del té y decidió que al día siguiente iría al pueblo a ingresarlo en el banco, además de a hacer unas compras.

Volvía a ser una mañana hermosa y se sentía alegre, a pesar de la desilusión del retraso de su madre en regresar a casa. No le estaba yendo tan mal con la casa de huéspedes, y los ahorros iban creciendo. Había que pensar en los meses de invierno; aunque quizás podría conseguir un trabajo a tiempo parcial cuando su madre volviese. Canturreó alegremente a la vez que recogía guisantes en la huerta.

Aquel día no llegó nadie, y al siguiente, una mujer sola, que cuando se fue se llevó las toallas. Dos días decepcionantes, reflexionó Amabel, preguntándose lo que sucedería al día siguiente.

Se levantó pronto nuevamente y tras desayunar y limpiar la casa, planchó un rato antes de que comenzase a hacer calor. Luego se fue al huerto. Era demasiado pronto para que apareciese gente y oiría el ruido si se acercaba un coche.

Pero, por supuesto, no oyó el motor del silencioso Rolls Royce, porque este casi no hizo ruido. El doctor Fforde se bajó y contempló la casa. Era un sitio agradable, que necesitaba algunos pequeños arreglos y una mano de pintura, pero las ventanas relucían y el llamador de bronce de la sólida puerta de entrada brillaba. Dio la vuelta a la casa, pasó junto al granero y vio a Amabel sentada en el banco entre Cyril y Oscar, desgranando guisantes.

Se la quedó mirando un momento, preguntándose por qué había querido volver a verla. Era verdad que le había resultado interesante, tan pequeña, sencilla y valiente, obviamente aterrorizada por la tormenta y a merced de cualquier indeseable que se le ocurriese aparecer por allí. ¿No tendría algún pariente que pudiese acompañarla?

Desde luego que a él no tenía por qué importarle eso, pero le había parecido una buena idea pasar a verla, ya que estaba de camino a Glastonbury. Atravesó la grava del patio y al oírlo, ella se puso de pie con una sonrisa. No había duda de que se alegraba de verlo.

—Buenos días —dijo él afablemente—. Voy de camino a Glastonbury. ¿Se ha recuperado de la tormenta ya?

—Oh, sí —dijo ella con sinceridad—. Pero tenía miedo, ¿sabe? Me alegré mucho cuando vinieron usted y su madre.

Recogió el colador con los guisantes y se acercó a él.

—¿Le apetece una taza de café? —le preguntó.

—Sí, por favor —respondió él, y la siguió a la cocina. Cuando entraron, se sentó a la mesa y pensó en lo plácida que era. Parecía alegrarse de verlo, pero seguro que había aprendido a recibir con una sonrisa a todos los que llegaban a alojarse.

—¿Quiere comer conmigo? —la invitó impulsivamente—. Hay un pub en Underthorn, a quince minutos de aquí. Supongo que no vendrá nadie hasta mediada la tarde, ¿verdad?

Ella sirvió el café y buscó una lata con galletas.

—Pero ¿no iba de camino a Glastonbury?

—Sí, pero no me esperan hasta la hora del té. Y es un día tan espléndido... —al verla titubear, añadió—: Podemos llevarnos a Cyril.

—Gracias —dijo ella entonces—, me encantaría. Pero tengo que volver a eso de las dos. Como es sábado...

Volvieron al huerto y Amabel acabó de desgranar los guisantes. Oscar se había subido al regazo del doctor y Cyril se echó a sus pies. Hablaron y Amabel, relajada, respondió las preguntas que él le formuló delicadamente, sin percatarse de lo mucho que le decía hasta que se detuvo en medio de una frase, sintiendo que hablaba demasiado. Él se dio cuenta enseguida y cambió de tema.

Poco antes de mediodía fueron en coche hasta el pub y se sentaron a una mesa en la parte de atrás. Había un pequeño río con árboles que daban sombra. Como era temprano, estaban solos. Comieron empanada de cerdo casera y ensalada, y bebieron limonada que había hecho la mujer del propietario. Cyril se sentó a sus pies con un cuenco de agua y un bizcocho.

—Parecen felices, ¿verdad? —comentó el propietario a su mujer.

Y lo estaban. Los tres, aunque el doctor confundía esa felicidad con el placer de disfrutar de una mañana preciosa con alguien sin pretensiones.

Al rato llevó a Amabel a su casa y la sorprendió al aparcar el coche bajo los árboles y acompañarla hasta la puerta de la cocina.

—¿Me permite que me siente en el huerto un momento? —le preguntó—. Pocas veces tengo oportunidad de sentarme en un sitio tan apacible.

«Pobre hombre», estuvo a punto de decirle Amabel, pero cuando habló, dijo:

—Por supuesto, todo lo que quiera. ¿Quiere una taza de té, o una manzana?

Así que él se sentó en el huerto masticando una manzana con Oscar en el regazo, consciente de que sus motivos para sentarse allí eran ver qué tipo de clientes aparecían, con la esperanza de que antes de irse hubiese llegado un matrimonio respetable decidido a pasar la noche.

Sus deseos se hicieron realidad y no pasó demasiado tiempo antes de que llegase una pareja con su madre, dispuestos a quedarse dos noches. Era absurdo que se sintiese preocupado, pensó. Amabel era perfectamente capaz de cuidarse a sí misma. Además, tenía teléfono.

Se dirigió a la puerta de la cocina, que estaba abierta, y la encontró preparando la merienda.

—Me tengo que ir —le dijo—. No quiero interrumpirla. Gracias por la compañía.

—Lo mismo digo. Gracias por la comida —dijo ella, cortando con esmero una enorme tarta en trozos. Le sonrió—. Conduzca con cuidado, doctor Fforde.

Llevó la bandeja con la merienda al salón y volvió a la cocina. Eran unos huéspedes muy agradables y corteses que no deseaban incordiar.

—¿Podríamos cenar aquí? —preguntaron con amabilidad.

Aceptaron con una sonrisa su oferta de patatas asadas con ensalada, pastel de frutas y café. El hombre la informó de que saldrían a dar un paseo y le preguntó cuándo quería servirles la cena.

Cuando se fueron, ella hizo el pastel de frutas, puso las patatas en el horno y fue a la huerta a cortar unas lechugas. No había prisa, así que se sentó en el banco a reflexionar sobre el día.

Había sentido sorpresa y placer al volver a ver al doctor. Aunque había pensado en él, nunca pensó que lo volvería a ver. Cuando había elevado los ojos y lo había visto, había sido como reencontrarse con un viejo amigo.

—Tonterías —se dijo—. Vino esta mañana porque quería un café.

¿Y la invitación a comer?, le dijo una vocecilla.

—Probablemente sea un hombre al que no le gusta comer solo —decidió volviendo a la cocina.

Los tres turistas tenían intención de salir a andar el domingo. Volverían a la hora del té y luego deseaban una cena ligera. Dijeron que querían partir temprano, lo cual le dejaría a Amabel casi todo el día para hacer lo que le apeteciese. No era necesario que se quedase en la casa, porque no tenía intención de alquilar la tercera habitación si alguien llamaba. Iría a la iglesia y luego pasaría una tarde tranquila con el periódico del domingo.

Le gustaba ir a la iglesia, encontrarse con amigos y conocidos y conversar un rato, a la vez que asegurar a quien preguntase por su madre que esta volvería pronto y que ella se encontraba perfectamente, ya que muchos consideraban que no tendría que haberse quedado sola.

Eso era algo que habían hablado bastante las dos, hasta que un día su madre se echó a llorar diciendo que no podría irse a Canadá. Amabel le dijo entonces que prefería estar sola, y por fin su madre se había marchado. Amabel le escribía todas las semanas diciéndole lo que sucedía en tono alegre y bastante optimista.

Su madre ya llevaba un mes fuera y todavía no daba señales de volver. Amabel esperaba que mencionase el asunto en su siguiente carta, aunque nunca admitiría que no le gustaba estar sola. La realidad era que por las noches tenía miedo, a pesar de que la casa estaba cerrada a cal y canto.

Al salir de la iglesia se despidió del párroco y aseguró a este que su madre regresaría pronto.

—Además, tengo tanto que hacer, que ni me doy cuenta de que estoy sola —añadió—. Entre el jardín, la huerta y los huéspedes, estoy ocupadísima.

—Espero que sean gente buena, cariño —dijo el vicario, con la cabeza en otra cosa.

Pocas veces tenía huéspedes nuevos los lunes, así que ese día aprovechó para limpiar la casa, cambiar las sábanas y revisar la nevera. Se hizo un sándwich y fue a comerlo al huerto. Era un día agradable, con una fresca brisa, ideal para trabajar en el jardín.

Se fue a la cama pronto, cansada de quitar malezas, aporcar y regar. Antes de dormirse, pensó en el doctor Fforde. Sentía que era como un viejo amigo, pero no sabía nada de él. Vestía bien y conducía un Rolls Royce. Tenía familia en algún sitio más allá de Glastonbury. Se dio la vuelta en la cama y cerró los ojos. Al fin y al cabo, no era asunto de ella...

Siguió el buen tiempo y tuvo un constante goteo de turistas. La lata del té se volvió a llenar. Su madre estaría encantada. La semana pasó volando y llegó una carta. El cartero se la llevó cuando se detenía un coche con dos parejas de paseo por la zona, así que Amabel tuvo que metérsela en el bolsillo y esperar hasta haberles mostrado sus habitaciones y servido el té.

Fue a la cocina, se sirvió una taza de té y se sentó a leerla.

Era una carta larga y la leyó sin parar hasta el final, y luego la volvió a leer. Se había puesto pálida y bebió su té automáticamente, pero enseguida tomó la carta y la releyó por tercera vez.

Su madre no volvería a casa, al menos no en los próximos meses. Había conocido a alguien y se casarían pronto.

Sé que lo comprenderás. Y te gustará. Se dedica a los cultivos de invernadero, así que pensamos montar una en casa. Hay espacio más que suficiente y él construirá un gran invernadero donde está el huerto. Pero primero tiene que vender su negocio aquí, lo cual puede llevarle varios meses.

Eso quiere decir que no será necesario tomar más huéspedes, aunque espero que sigas trabajando hasta que lleguemos. Te va tan bien... Ya sé que la temporada se acaba pronto y esperamos volver antes de Navidad.

El resto de la carta consistía en una detallada descripción de su futuro esposo y noticias de su hermana y del bebé, para luego concluir con:

Eres una niña muy sensata y estoy segura de que estarás disfrutando de tu independencia. Cuando volvamos, probablemente querrás ponerte a trabajar por tu cuenta.

Amabel se quedó de una pieza, pero se dijo que no tenía motivos para sentir que la tierra se había hundido bajo sus pies. No tenía ningún inconveniente en quedarse hasta que su madre y su padrastro volviesen. En cuanto a lo de ponerse a trabajar, era perfectamente lógico que su madre lo supusiese.

Por la noche, una vez que los huéspedes se retiraron, se sentó con papel y lápiz a hacer una lista de sus habilidades. Sabía cocinar bien, cuidar de una casa, cambiar enchufes y hacer fontanería básica. También trabajar en una huerta... El lápiz se detuvo. Nada más.

Había aprobado el ingreso a la universidad, pero por una razón u otra nunca se había puesto a estudiar. Eso era lo que tendría que hacer. Y tendría que decidir para qué se quería preparar antes de que su madre volviese. Pero los estudios costaban dinero, y no estaba segura de que hubiese para ello. Quizá pudiese buscarse un trabajo y ahorrar lo suficiente para estudiar luego...

Se enderezó de golpe al ocurrírsele una idea: las camareras no necesitaban estudios y además, estaban las propinas. Tendría que buscar en una ciudad como Taunton o Yeoville. O quizás alguno de los grandes hoteles, que tenían salones de té y tiendas. Cuanto más lo pensaba, más le gustaba la idea.

Tomó la decisión antes de irse a la cama. Ya solo debía esperar a que su madre y su padrastro volviesen a casa.

CAPÍTULO 2

L A SIGUIENTE carta tardó casi una semana. Pero entre tanto, su madre había llamado por teléfono. Le había dicho, ilusionada, que estaba feliz. Pensaba casarse en octubre. ¿Le molestaría a Amabel quedarse hasta que volviesen, probablemente en noviembre?

—Solo unos meses, Amabel. Y en cuanto lleguemos, Keith dice que tienes que decirnos lo que quieres hacer y te ayudaremos. Es tan amable y generoso... Por supuesto que si vende su negocio pronto, regresaremos a casa en cuanto podamos —dijo, lanzando una carcajada feliz—. Te he escrito una larga carta sobre la boda. Joyce y Tom nos ofrecerán una pequeña fiesta y me pondré un traje monísimo... Está todo en la carta.

La carta llegó, rebosante de ilusión y noticias:

No tienes ni idea de lo delicioso que es no tener que preocuparse por el futuro, tener a alguien que se ocupe de mí, y de ti también, por supuesto. ¿Ya has decidido lo que quieres hacer cuando lleguemos a casa? Tendrás tantos deseos de independizarte por fin, tu vida ha sido tan aburrida desde que dejaste la escuela...

Aburrida pero agradable, reflexionó Amabel. Contribuyendo a que su casa de huéspedes fuese un éxito; sabiendo que era útil; sintiendo que ella y su madre lograban algo. Y ahora tendría que comenzar de cero. La llegada de dos turistas impidió que se hundiese en la autocompasión.

Por la noche durmió de un tirón porque estaba cansada, aunque en cuanto se despertó, más pronto de lo habitual, los pensamientos se agolparon en su mente. Decidió no seguir dándole vueltas al asunto, se puso una bata y salió al jardín con un jarro de té acompañada por Cyril y Oscar.

Se estaba bien en el huerto, y con el alegre sol del amanecer era imposible sentirse triste. Sin embargo, sería agradable tener alguien con quien hablar del futuro...

Recordó al corpulento doctor Fforde. Seguro que él la escucharía y le diría qué hacer. Se preguntó qué estaría haciendo...

El doctor Fforde se hallaba sentado ante la mesa de la cocina de su casa, un elegante edificio del siglo XVIII en un barrio distinguido de Londres. Llevaba un polo y un par de pantalones viejos, y no se había afeitado. Tenía la apariencia de un rufián, un rufián guapísimo que comía una rebanada de pan con mantequilla. Sobre la mesa había un corazón de manzana.

Lo habían llamado de urgencia a eso de las dos de la madrugada para operar a un paciente con una úlcera perforada, y ciertas complicaciones le habían impedido volver a la cama. En ese instante se hallaba de camino a la ducha para iniciar su día.

Acabó el pan, se inclinó a acariciar la suave cabeza del labrador negro que se sentaba a su lado y se dirigió a la puerta, que se abrió justo cuando llegaba a ella. El hombre joven que entraba ya estaba vestido, impecable con su chaqueta negra de alpaca y sus pantalones de rayas. Se hizo a un lado para dejar pasar al doctor y le deseó los buenos días.

–¿Vuelve a salir, señor? –preguntó con seriedad–. Debió haberme llamado –le dijo al ver el corazón de manzana–. Le hubiese preparado algo de beber caliente y un sándwich.

–Ya lo sé, Bates –dijo el doctor dándole una palmada en el hombro–. Bajaré dentro de media hora para tomarme uno de tus desayunos especiales. He despertado a Tiger, ¿podrías abrirle para que salga al jardín?

Subió las bonitas escaleras para ir a su habitación pensando en lo que tenía que hacer más tarde. Desde luego que no había sitio para Amabel en su cabeza.

Media hora más tarde se encontraba sentado comiendo el espléndido desayuno que Bates había dispuesto en el saloncito trasero. Una puerta acristalada daba a un patio y un jardín pequeño donde Tiger paseaba. Luego se sentó junto a su amo para masticar cortezas de beicon y más tarde lo acompañó a dar un rápido paseo por las calles todavía silenciosas, antes de que el doctor se metiese en el coche y condujese la corta distancia hasta el hospital.

Amabel despidió a sus dos huéspedes, preparó la habitación para sus siguientes ocupantes y luego, siguiendo un repentino impulso, fue hasta el pueblo a comprar la gaceta regional en la oficina de correos.

—Y tu madre ¿no regresa todavía? —le preguntó el señor Truscott al darle el cambio—. Ya lleva bastante tiempo fuera, ¿no?

—Se quedará una o dos semanas más. Quizá no pueda volver a visitar a mi hermana hasta dentro de uno o dos años, así que quiere aprovechar.

Durante la comida leyó los anuncios. Había muchos pidiendo camareras: el salario básico era bastante bajo, pero si trabajaba a jornada completa podría apañárselas perfectamente... Stourhead necesitaba dependientas, camareras para el salón de té y empleadas de jornada completa para la taquilla. Y todos los trabajos eran para finales de septiembre.

Parecía demasiado bueno para ser verdad, pero de todos modos recortó el anuncio y lo metió en la lata del té con el dinero.

Pasó una semana y luego otra. El verano casi había acabado. Oscurecía más pronto y aunque las mañanas todavía eran agradables, el aire estaba más fresco. Había recibido más cartas de Canadá, de su hermana, su madre y su futuro padrastro, y la tercera semana su madre llamó: ya se habían casado, ya solo era cuestión de vender el negocio de Keith.

—No habíamos pensado en casarnos tan pronto, pero tampoco había razón para demorarlo y, por supuesto, me he venido a vivir con él —dijo—. Así es que en cuanto pueda vender el negocio estaremos en casa. ¡Tenemos tantos planes...!

Como la cantidad de turistas se había reducido substancialmente, Amabel aprovechó para limpiar y dar brillo a la casa, cosechar lo que quedaba de fruta y meterla en el congelador, y revisar el contenido de los armarios.

Pensando en su futuro, inspeccionó también su guardarropa: una escasa colección de prendas compradas para durar, de buen gusto pero que no hacían nada por favorecer su figura.

Durante la semana tuvo solo un puñado de huéspedes y el sábado no llegó nadie. Se sentía deprimida. Seguro que era a causa de la lluvia, se dijo. Ni un rápido paseo con Cyril le levantó el ánimo. Antes de la hora de merendar se sentó en la cocina con Oscar en el regazo, sin ganas de hacer nada.

Se prepararía una tetera, le escribiría a su madre, cenaría pronto y se iría a la cama. Pronto comenzaría otra semana y, si el tiempo mejoraba, habría más turistas. Además, tenía montones de cosas que hacer en el jardín. Escribió la carta, muy alegre y divertida, mencionando apenas el reducido número de huéspedes, y resaltando la espléndida cosecha de manzanas y fruta de verano. Cuando acabó, se quedó sentada a la mesa, diciéndose que pondría el agua para el té.

No era una persona dada a autocompadecerse, pero al ver lo incierto que se le presentaba el futuro, se echó a llorar silenciosamente y sin alharaca, con Oscar en el regazo y la cabeza de Cyril apoyada contra su pierna. No hizo esfuerzos por detenerse, no había nadie que la viese y, con aquella manera de llover, nadie iría a pedirle alojamiento.

El doctor Fforde tenía el fin de semana libre, pero no lo estaba pasando demasiado bien. El sábado comió con amigos, entre los cuales se encontraba Miriam Potter-Stokes, una joven y elegante viuda a quien encontraba cada vez con más frecuencia en su círculo de amigos. Ella le causaba una ligera pena, a la vez que admiración por el valor con que sobrellevaba su situación. Y lo que se había iniciado como una amistad intrascendente iba camino de convertirse en algo más serio, al menos por parte de ella.

Casi sin darse cuenta, el sábado se encontró llevándola en el coche a Henley después de comer y allí se vio obligado a quedarse a tomar el té. Cuando volvían a Londres, ella le propuso cenar juntos.

Él arguyó un compromiso previo y se fue a su casa sintiendo que había desperdiciado el día. Era una compañía divertida, guapa y bien vestida, pero más de una vez se había preguntado cómo sería. Disfrutaba viéndola de vez en cuando, pero eso era todo...

Sacó a Tiger a dar un largo paseo el domingo por la mañana y después de comer se subió al coche. No estaba el tiempo como para salir a pasear y Bates lo miró con desaprobación.

—Supongo que no irá a Glastonbury con este tiempo, ¿verdad, señor? —comentó.

—No, no. Sólo un paseo en el coche. Para la cena, déjame preparado algo frío, ¿quieres?

Bates pareció ofenderse. ¿Cuándo se había olvidado él de dejar todo listo antes de irse?

—Como siempre, señor —le dijo reprobadoramente.

Cuando se dio cuenta de que se dirigía al oeste por las tranquilas calles de la ciudad, el doctor Fforde reconoció que sabía adonde iba. La cuidada belleza de Miriam Potter-Stokes le había recordado a Amabel. Probablemente por el contraste, se dijo divertido. Sería interesante volver a ver a esta última. Su madre ya habría vuelto y dudaba que tuviese demasiados huéspedes ahora que el verano se había convertido en un lluvioso otoño.

Cuando llegó, la casa tenía aspecto triste. No había ventanas abiertas ni tampoco signos de vida. Salió del coche con Tiger y rodeó ·el edificio. La puerta de la cocina se encontraba abierta.

Amabel levantó la vista cuando él entró.

—Hola, ¿podemos pasar? —dijo el doctor, inclinándose para acariciar a los perros y darle tiempo a ella a enjugar sus lágrimas con el dorso de la mano—. Tiger no es un peligro para Cyril y, además, le gustan los gatos.

Amabel se puso de pie y se sonó la nariz, en tanto que Oscar se subía de un salto a un armario.

—Pase —dijo ella, con el tono de voz cortés que usaba para sus huéspedes—. Qué día, ¿no? Supongo que va a Glastonbury. ¿Le apetece una taza de té? Estaba a punto de hacer una tetera.

—Gracias —dijo entrando—. Supongo que no habrá demasiados huéspedes con este tiempo. ¿Su madre no ha vuelto todavía?

—No —respondió ella débilmente y luego, para horror suyo, se echó a llorar sin poder controlarse.

El doctor Fforde la hizo sentarse otra vez.

—Yo prepararé el té mientras usted me lo cuenta todo —le dijo con tranquilidad—. Llore tranquila, eso la hará sentirse mejor. ¿Hay tarta?

—Pero ya he llorado y no me ha servido de nada —dijo ella con una vocecilla triste. Hipó antes de añadir—: Y ahora he comenzado otra vez —recibió el gran pañuelo blanco que él le alargaba—. La tarta está en el armario del rincón.

El doctor puso la mesa y cortó la tarta, encontró

bizcochos para los perros y llenó el cuenco de Oscar de pienso. Luego se sentó frente a Amabel y puso ante ella una taza de té.

—Tome un poco y dígame por qué llora. No se deje nada, porque al fin y al cabo, no pertenezco a su entorno, y lo que diga quedará entre nosotros.

—Hace que parezca tan... normal —dijo ella, sonriendo al fin. Tomó un sorbo de té—. Perdone que sea tan tonta.

El doctor cortó un trozo de tarta.

—¿Es el motivo la ausencia de su madre? —le preguntó—. ¿Está enferma?

—¿Enferma? No, no. Se ha casado con un hombre que ha conocido en Canadá.

Fue tal alivio hablar con alguien sobre ello que la historia le salió a borbotones: una mezcla de los proyectos de su padrastro con el invernadero y la necesidad de independizarse.

Él la escuchó sin hablar y volvió a llenar las tazas con los ojos fijos en su rostro abotargado.

—Y ahora que me lo ha dicho se siente mejor, ¿verdad? —le preguntó cuando ella acabó la enrevesada historia—. Lo había guardado todo, ¿no? Dándole vueltas en la cabeza como la mula en la noria. Ha sido una sorpresa enorme para usted, y ese tipo de sorpresas hay que compartirlas. No le daré ningún consejo, pero le sugiero que no haga nada: no haga planes, no piense en el futuro hasta que su madre vuelva. Creo que quizá descubra que la han incluido en sus planes y no tiene por qué preocuparse por su futuro. Comprendo que quiera independizarse, pero no se precipite. Quédese en casa mientras ellos se establecen, y eso le dará tiempo para decidir lo que quiere hacer —ella asintió con la cabeza y él añadió—: Ahora, vaya a arreglarse el pelo y lavarse la cara. Vamos a Castle Cary a cenar.

Ella se quedó mirándolo boquiabierta.

—No puedo... —dijo.

—Con quince minutos le bastará.

Ella hizo lo que pudo con su rostro y se recogió el pelo en un pulcro moño. Luego se puso un vestido de punto que, aunque no era de marca, tenía un bonito color granate. Se calzó los zapatos más elegantes que tenía y volvió a la cocina. Su abrigo de invierno estaba anticuado y viejo y, por una vez, se alegró de que lloviese: así podría llevar la gabardina.

Cyril y Oscar ya dormitaban y Tiger movía el rabo junto a su dueño, ansioso por salir.

—He cerrado todo —observó el doctor, acompañándola fuera. Echó el cerrojo a la puerta de la cocina y se metió la llave en el bolsillo. Aunque no pareció prestarle atención a Amabel, se había dado perfecta cuenta de que ella se había esmerado con su apariencia. Y el restaurante al que había decidido llevarla tenía pequeñas lámparas con pantallas rosadas sobre las mesas...

No había demasiadas personas allí un lluvioso domingo por la noche, pero el sitio era acogedor y las pantallas rosadas fueron benévolas con el rostro de Amabel, todavía un poco congestionado.

Además, la comida era excelente. El doctor observó cómo el color volvía a sus mejillas femeninas a medida que comían champiñones con salsa de ajo, trucha local y una ensalada digna de la reina. Una deliciosa nata acompañaba los postres.

El doctor mantuvo una conversación sosegada y

Amabel, más tranquila, no se dio cuenta del paso del tiempo hasta que, de repente, miró el reloj.

–¡Son casi las nueve! –dijo, alarmada–. ¡Llegará tardísimo a Glastonbury!

–Me vuelvo a Londres –le dijo él con naturalidad, pero no intentó retenerla y la llevó de vuelta a casa sin más, asegurándose de que ella hubiese entrado. Se alejó con un amistoso si bien informal saludo.

La casa estaba demasiado silenciosa cuando él se fue, así que Amabel dio de beber a los animales y se fue a la cama.

Había sido una velada encantadora. Resultó un alivio hablar con alguien sobre sus preocupaciones, pero en esos momentos Amabel sintió que había hecho el ridículo, llorando y contándole sus problemas como una histérica. Como era médico, estaría acostumbrado a tratar con pacientes complicados, y la había escuchado, le había ofrecido una cena espléndida y algunas sugerencias sensatas con respecto a su futuro. Probablemente trataba con docenas como ella...

Cuando se despertó, hacía una mañana espléndida y alrededor del mediodía, un grupo de cuatro personas golpeó la puerta pidiendo alojamiento para la noche, lo que la mantuvo ocupada. Al finalizar el día se hallaba tan cansada que cayó rendida en la cama.

No hubo nadie los siguientes días, pero tenía bastante trabajo que hacer. Se habían acabado los largos días del verano y se anunciaba un otoño frío y lluvioso.

Recogió la fruta que el viento había tirado, recolectó los últimos guisantes para congelar y se ocupó de las remolachas, las zanahorias y los repollos. También desenterró las patatas que quedaban y recogió los tomates del endeble invernadero. Suponía que cuando llegase su padrastro, construiría uno nuevo. Su madre y ella se las apañaban con aquel y con el trozo de tierra que cultivaban para tener verdura todo el año, pero seguramente él haría mejoras.

Trabajó en el jardín y la huerta toda la semana y el fin de semana, un grupo de seis personas pidió alojamiento por dos noches, por lo que el lunes por la mañana fue a hacer compras al pueblo. También le mandó una carta a su madre e impulsivamente, volvió a comprar la gaceta regional.

Tras regresar a casa, cuando estaba leyendo la sección de anuncios, se dio cuenta de que ya no había ofertas de trabajo adecuadas para ella, pero se dijo que aparecerían otras. Además, el doctor Fforde le había dicho que no se precipitase. Debía tener paciencia. Según su madre, esperaban regresar para Navidad, pero todavía quedaban seis semanas...

Dos días más tarde, mientras guardaba las sábanas en el armario del pasillo, oyó que Cyril ladraba. Parecía excitado, lo que la hizo apresurarse a bajar. Había dejado la puerta sin cerrojo y quizá se había metido alguien en la casa...

Su madre se encontraba en el vestíbulo y junto a ella había un hombre alto y robusto. Ella reía y acariciaba a Cyril. Se enderezó y vio a Amabel.

—¡Cariño! ¿No es esta una sorpresa genial? Keith ha vendido su negocio, así es que no había nada que nos retuviese —explicó abrazando a Amabel.

—Ay, mamá, qué alegría verte —dijo Amabel, devolviéndole el abrazo. Miró al hombre con una sonrisa, pero sintió un rechazo inmediato y la sensación de que este era recíproco. A pesar de ello, alargó la mano amablemente.

–Mucho gusto en conocerte. Qué emocionante, ¿no? –dijo.

Cyril le olisqueó la mano a Keith y Amabel vio con desilusión el gesto impaciente con que el recién llegado le apartaba el hocico. Su madre hablaba y reía mientras recorría la casa alabando lo bonito que estaba todo.

–Y allí está Oscar –dijo dirigiéndose a su marido–. Ya sé que no te gustan los gatos, pero este es de la familia.

Él hizo un comentario intrascendente y fue a buscar el equipaje. La flamante señora Graham corrió a su habitación y Amabel fue a la cocina a preparar el té. Cyril y Oscar la acompañaron y se instalaron discretamente en un rincón, conscientes de que no le gustaban al hombre de fuertes pisadas.

Tomaron el té en el salón y hablaron de Canadá, del viaje y de los planes para establecer los cultivos.

–No tendremos más huéspedes –dijo la señora Graham–. Keith quiere comenzar cuanto antes. Si construimos un invernadero pronto, podremos estar listos para hacer algunas ventas en Navidad.

–¿Dónde lo vas a instalar? –preguntó Amabel–. Hay mucho sitio detrás del huerto.

Keith había inspeccionado la propiedad antes de tomar el té.

–Araré ese terreno y allí plantaré los cultivos de primavera. El invernadero lo construiré donde está el huerto. Las manzanas no producen dinero y algunos árboles ya parecen poco productivos. Acabaremos de recoger la cosecha y los talaremos. Hay mucho terreno allí, bueno para guisantes y judías. Tu madre me ha dicho que eres muy trabajadora en la casa y la huerta –dijo mirando a Amabel–. Entre los dos podremos apañárnoslas para comenzar algo. Luego contrataré a un hombre con un tractor que nos haga el trabajo duro; lo más sencillo lo podrás hacer tú.

Amabel no respondió. Para empezar, se encontraba demasiado sorprendida y molesta. Y además, era un poco pronto para hacer semejantes planes. ¿Y la sugerencia de su madre de que estudiase algo? Y no estaba de acuerdo con ellos. El huerto siempre había estado allí, mucho antes de que ella naciese. Todavía producía una buena cosecha y en la primavera estaba tan hermoso en flor...

Miró a su madre, que estaba feliz y asentía con admiración a las palabras de su flamante marido.

Más tarde, cuando Amabel preparaba la cena, él entró a la cocina.

–Tendremos que deshacernos de ese gato. No los puedo soportar. Y el perro ya está un poco viejo, ¿no? Los animales no se llevan bien con las huertas, al menos así lo creo yo.

–Oscar no molesta en absoluto –dijo Amabel sin levantar la voz, intentando parecer amistosa–. Y Cyril es un buen perro guardián, no deja que nadie se aproxime a la casa.

–Ah, no hay prisa –se apresuró a decir él cuando vio la expresión del rostro de Amabel–. Me llevará un mes o dos organizar todo como a mí me gusta –añadió, intentando también parecer amistoso–: Ya verás qué éxito. Tu madre puede ocuparse de la casa y tú, trabajar en la huerta la jornada completa.

Incluso más adelante podremos tomar a alguien para que nos eche una mano durante la cosecha, así podrás salir con tus amigos...

Lo dijo como si le hiciese un favor, y el rechazo que Amabel sentía por él se intensificó, pero no permitió que se notase. A aquel hombre le gustaba que todos hiciesen lo que él quería. Quizá fuese un buen esposo para su madre, pero no sería un buen padrastro...

Durante los siguientes días no pasó nada especial: hubo que deshacer mucho equipaje, escribir cartas e ir al banco. El señor Graham había hecho una transferencia bastante cuantiosa desde Canadá y no perdió tiempo en buscar mano de obra en el pueblo. También fue a Londres a reunirse con personas que le habían recomendado para darle financiación, en caso de que la necesitase.

Mientras tanto Amabel ayudaba a su madre en la casa e intentaba averiguar si esta había tenido idea de que ella estudiase y luego había cambiado de parecer ante la insistencia de su esposo.

La señora Graham era una madre cariñosa, pero fácilmente influenciable por alguien con una personalidad más fuerte que la suya. ¿Qué prisa tenía?, le preguntó. Unos meses más en casa no supondrían ninguna diferencia y sería de gran ayuda para Keith.

—Es un hombre tan maravilloso, Amabel, y seguro que cualquier cosa que haga será un éxito.

—Es una pena que no le gusten Cyril y Oscar –dijo ella con cautela.

—Oh, cielo, nunca les haría daño –rio la madre.

Quizá no, pero según pasaban las 'semanas, ambos animales comenzaron a estar la mayor parte del tiempo fuera de la casa y solo entraban a comer.

Amabel hacía cuanto podía y trabajaba sin descanso. Era obvio que el señor Graham estaba dispuesto a pasar por encima de quien se atravesase en su camino.

Para no molestar a su madre, Amabel no hizo ningún comentario. Estaba claro que él quería a su madre, pero consideraba a los dos animales y a Amabel superfluos en su vida. Esta se dio cuenta de que tenía que hacer algo cuando se lo encontró golpeando a Cyril y luego, dando un puntapié a Oscar. Se inclinó para levantar al tembloroso gato y le pasó un brazo por el cuello al perro.

—¿Cómo te atreves? ¿Qué te han hecho? Son mis amigos y los quiero —los defendió apasionadamente—. Han vivido aquí toda su vida.

—Pues mucho más no vivirán aquí si de mí depende. Soy el jefe y no me gustan los animales, así que será mejor que te enteres de ello —replicó su padrastro mirándola fijamente antes de marcharse.

Amabel supo entonces que tenía que actuar rápidamente. Salió al huerto, ya lleno de ladrillos y bolsas de cemento, y se sentó con sus dos animales, analizando y descartando varios planes, hasta que tuvo el germen de una idea sensata. Pero primero necesitaba dinero y luego, buscar el momento oportuno...

Como si la providencia aprobase sus esfuerzos, logró ambas cosas. Esa misma noche su padrastro anunció que tenía que marcharse a Londres por la mañana, a ver a un posible comprador para cuando tuviese su producción en marcha, y por ello se iría a la cama temprano.

Sola con su madre, Amabel aprovechó aquella oportunidad única.

—Me pregunto si podrías darme un poco de dinero para ropa, mamá. Desde tu viaje a Canadá no me he comprado nada...

—Por supuesto, cielo. Tendría que habérseme ocurrido a mí. Te fue tan bien con los huéspedes... ¿Hay algo de dinero en la lata del té? Úsalo, cariño. Le pediré a Keith que te dé una asignación, es tan generoso...

—No, no lo molestes, mamá. Habrá suficiente en la lata —dijo y la miró a los ojos—. Eres muy feliz con él, ¿verdad, mamá?

—Ay, sí, Amabel. Nunca te lo dije, pero odiaba vivir aquí las dos solas, con lo justo para llegar a fin de mes, sin un hombre. Cuando fui a casa de tu hermana me di cuenta de lo que echaba en falta. Y he estado pensando que quizá sería una buena idea que comenzases a estudiar algo...

Amabel asintió, pensando que su madre no la extrañaría...

Al rato, su madre se fue a la cama y Amabel se ocupó de los animales y luego contó el dinero de la lata del té. Había más que suficiente para su plan.

Se fue a su habitación y sin hacer ningún ruido metió su ropa en una bolsa, incluyendo la de lana, ya que pronto comenzaría a hacer frío. Una vez en la cama repasó su plan: parecía que todo estaba bien, así que cerró los ojos y se durmió.

Por la mañana se levantó pronto a prepararle el desayuno a su padrastro, asegurándose de que los animales no estuviesen en la cocina cuando bajase. Cuando se fue, se hizo el desayuno, dio de comer a los animales y se vistió. Su madre bajó y cuando estaban tomando el café, dijo que pensaba pedirle al cartero que la llevase a Castle Cary.

–Tengo tiempo de vestirme antes de que llegue. Me gustaría ir a la peluquería. ¿Te parece bien, cielo?

Parecía que todo se combinaba para que se fuese, reflexionó Amabel. Y cuando su madre, ya lista, esperaba al cartero, ella le recordó que se llevase una llave.

–Quizá salga a dar un paseo.

Cuando llegó el cartero, Amabel ya había lavado las tazas del desayuno y ordenado la casa. Despidió a su madre con un cariñoso beso y un abrazo.

Media hora más tarde, Amabel subía al taxi que había pedido. Llevaba a Oscar en una cesta, Cyril atado a su correa, la bolsa con su ropa y un bolso de mano. Le había escrito una nota de despedida a su madre diciéndole que no se preocupase por ella.

Ambos lograréis que la huerta sea un éxito y os resultará más sencillo si Oscar, Cyril y yo no estamos por en medio, concluyó.

El taxi los llevó a Gillingham, donde tuvo la suerte de abordar el tren a Londres y, una vez allí, tomar un taxi a la estación de autobuses de Victoria. Para entonces, Amabel se había dado cuenta de que sus planes, tan sencillos en teoría, estaban plagados de posibles desastres. Pero ya no había vuelta atrás.

Compró un billete a York, tomó una taza de té, les dio a los animales agua y leche respectivamente y se subió al autobús. Estaba medio vacío y el conductor era amable, así que Amabel se sentó con Cyril a sus pies y Oscar, dentro de su cesta, en el regazo. Estaban un poco apretujados, pero al menos todos juntos...

Llegarían a York a eso de las ocho y media de la noche. Ojalá que la tía Thisbe les ofreciese un techo.

–Tendría que haberla llamado por teléfono –murmuró Amabel–, pero había tanto en que pensar en tan poco tiempo...

A Amabel, normalmente sensata y prudente, no se le habían ocurrido todos aquellos imprevistos antes, pero le quedaba un poco de dinero, era joven, podía trabajar y, lo más importante de todo, Oscar y Cyril seguían vivos. Llamó por teléfono al llegar.

–Soy yo, Amabel, tía Thisbe. Estoy en la estación de autobuses de York –dijo, con voz trémula de súbito pánico. ¿Y si le colgaba?

La señorita Parsons no hizo nada de eso. Cuando la viuda de su sobrino le había comunicado que se había vuelto a casar, no lo había aprobado en absoluto. Aunque hacía unos años que no veía a Amabel, se preocupaba por ella. ¿La habrían tenido en cuenta?

–Siéntate en un banco. Estaré allí dentro de media hora, Amabel –le dijo con voz firme y serena.

–Me he traído a Oscar y a Cyril.

–Sois todos bienvenidos –dijo la tía Thisbe, y colgó.

La media hora de espera le pareció a Amabel un siglo, pero se olvidó de ello cuando vio a la tía Thisbe caminando rápidamente hacia ella. Llevaba un abrigo y una falda que no había cambiado de estilo en las últimas décadas y, coronando sus blancos cabellos, un sombrero sencillo. La acompañaba un hombre joven de baja estatura y rostro curtido por el sol.

–Me alegro mucho de que hayas venido a visitarme, cariño –le dijo la tía, dándole un rápido beso–. Ahora iremos a casa y me lo contarás todo. Este es Josh, mi mano derecha. Pondrá tu equipaje en el coche y nos llevará a casa.

Amabel no supo qué decir que no le llevase horas de explicaciones, así que le estrechó la mano a Josh, levantó la cesta de Oscar y, tomando a Cyril de la correa, se dirigió obedientemente a la calle para sentarse en la parte trasera del coche, en tanto que la tía Thisbe lo hacía junto a Josh.

Ya era de noche y casi no había tráfico. No se veía nada desde la ventanilla, pero Amabel recordaba Bolton Percy, el pueblo medieval donde vivía su tía, a unos veinticinco kilómetros de York. Hacía diez años que había estado allí por última vez, cuando tenía dieciséis y hacía unos meses que su padre había muerto.

Cuando llegaron, el pueblo estaba a oscuras pero la casa de su tía, un poco apartada de las demás, los recibió con sus ventanas iluminadas.

–Bienvenida a tu casa, niña –le dijo la tía Thisbe–. Quédate todo el tiempo que quieras.

CAPÍTULO 3

LAS DOS horas siguientes pasaron para Amabel como en una nebulosa. Bebió el té que le dieron y dormitó en una silla de la cocina mientras su tía y Josh se ocupaban de los animales. Al despertarse, se encontró a Oscar sentado en su regazo y a Cyril apoyado contra su pierna.

–Quédate tranquila ahí –le dijo la tía Thisbe–. Tu habitación está lista, pero tienes que comer algo primero.

–Tía Thisbe...

–Más tarde, niña. Primero cena y vete a dormir. Mañana ya se verá. ¿Quieres que le avisemos a tu madre de que estás aquí?

–No, no. Permíteme que te explique...

–Mañana –dijo la tía Thisbe y le puso un plato sopero de aromático estofado en las manos–. Ahora, come.

Al rato la condujeron a una pequeña habitación abuhardillada. No recordaba haberse desvestido, pero pronto se encontró metida en la cama, con Oscar y Cyril a sus pies. Todos juntos, pensó satisfecha. Era como haber escapado de una pesadilla.

Cuando se despertó, se quedó desorientada un momento, pero pronto recordó y se sentó de golpe en la cama. Los animales también se despertaron. A la luz del amanecer, el viaje del día anterior era algo increíblemente temerario. Tendría que darle explicaciones a la tía Thisbe. Cuanto antes, mejor.

Se levantó, fue sin hacer ruido al cuarto de baño, se puso algo de ropa y luego los tres bajaron.

La casa no era grande, aunque sí sólida, y su pequeño jardín tenía un muro de piedra. Amabel abrió la recia puerta y sacó a Oscar y Cyril a hacer sus necesidades. Era una mañana hermosa, aunque el aire era frío, y cuando los tres volvían a entrar, se encontraron a la tía Thisbe en la cocina.

—¿Has dormido bien? —le preguntó a su sobrina con cariño—. A ver, niña: hay gachas de avena en el fuego. Supongo que estos dos podrán comer eso. Josh les traerá su pienso en cuanto venga. Y tú y yo nos tomaremos una taza de té mientras hago nuestro desayuno.

—Tengo que explicarte...

—Por supuesto. Pero cuando tomemos el té.

Pronto se encontró Amabel sentada a la mesa de la cocina frente a su tía. Le hizo un relato prolijo de su viaje a la vez que tomaban una taza de té.

—Ahora me doy cuenta de lo tonta que he sido. No me detuve a pensarlo, ¿sabes? Solo que tenía que marcharme porque mi... mi padrastro iba a matar... —se interrumpió—. Y no le caigo bien.

—¿Y tu madre? ¿Es feliz con él?

—Sí, sí. Y él es muy bueno con ella. No me necesitan. No tendría que haber venido, pero fue lo único que se me ocurrió en ese momento. Te agradezco tanto, tía Thisbe, que me alojases anoche. Me pregunto si hoy me permitirías que dejase a Oscar y a Cyril aquí mientras voy a buscar trabajo a York. No tengo estudios, pero siempre habrá trabajo en hoteles y casas.

La señorita Parsons emitió un bufido.

–Tu padre era mi sobrino, niña. Esta será tu casa todo el tiempo que quieras. En cuanto a trabajo, para mí es como un regalo del cielo tener a alguien joven aquí. Están Josh y su mujer, que me atienden bien, pero no me vendría mal un poco de compañía y dentro de una semana o dos podrás decidir lo que quieres hacer. York es una ciudad grande y seguro que encuentras trabajo en alguno de los museos o edificios públicos. Lo único que se necesita es hablar correctamente y tener bonita voz y buena apariencia. Ahora vete a vestirte y después del desayuno llamarás a tu madre.

–Querrán que vuelva. No me quieren, pero él pretende que trabaje en la huerta.

–No estás obligada a nada con tu padrastro, Amabel, y tu madre puede venir a verte cuando quiera. ¿Le tienes miedo a él?

–No, pero temo lo que pueda hacerles a mis animales. Y me cae mal.

La conversación con su madre no fue demasiado agradable. Al principio, la señora Graham se mostró aliviada y contenta de oírla, pero luego comenzó a quejarse amargamente de lo que consideraba ingratitud por su parte.

–Keith tendrá que contratar a alguien –señaló–. Está muy molesto. Por supuesto que puedes venir a visitarnos cuando quieras, pero no esperes ningún tipo de ayuda: has decidido apañártelas por tu cuenta. Eres una joven sensata y no dudo que encontrarás trabajo. No creo que la tía Thisbe quiera que te quedes más de una o dos semanas —hizo una pausa—. ¿Tienes a Oscar y Cyril contigo?

—Sí, mamá.

—Serán una molestia cuando busques trabajo. La verdad es que habría sido mucho mejor que Keith los hubiese sacrificado.

—¡Pero, mamá…! Llevan años con nosotros. No se merecen morir.

—Sí, pero ninguno de los dos es un bebé ya. ¿Me volverás a llamar?

Amabel le dijo que sí y colgó. A pesar de las sensatas palabras de su tía, pensar en el futuro le causaba pánico.

—¿Quieres ir hasta la tienda a traerme una o dos cosas, niña? —le dijo la tía Thisbe tras ver la expresión de su cara—. Llévate a Cyril. Tomaremos un café cuando vuelvas.

Le llevó solo unos minutos llegar al centro del pueblo y, aunque lloviznaba, fue agradable salir a tomar el aire. Hizo la compra, sorprendida al descubrir que la seria señora que le servía sabía quién era ella.

—¿Vienes a visitar a tu tía? Le vendrá bien la compañía durante una semana o dos. Qué bien que se vaya a pasar el invierno con su amiga en Italia…

Bastarían dos o tres semanas para encontrar trabajo y un sitio donde vivir, decidió Amabel mientras regresaba a la casa. Aunque tía Thisbe le había dicho que se quedase todo el tiempo que desease, no quería arruinarle el viaje.

Pasaron los días y, a pesar de que Amabel reiteró su intención de buscar trabajo cuanto antes, su tía no hizo mención de sus vacaciones.

—Necesitas unos días para acostumbrarte —señaló–. Y no quiero ni oír que te vayas antes de haber decidido lo que vas a hacer. No te vendría mal pasar el invierno aquí.

Lo cual le dio pie a Amabel para decir:

—Pero tú puedes tener otros planes...

—¿Y qué planes voy a tener yo a mi edad, niña mía? –preguntó la mujer, dejando sobre el regazo las agujas con las que hacía punto–. Venga, no se hable más. Cuéntame cosas de la boda de tu madre.

El doctor Fforde, aunque inmerso en su trabajo, descubrió con sorpresa que pensaba en Amabel con frecuencia. Unas dos semanas después de que ella se marchase de casa, decidió ir a visitarla, creyendo que para entonces su madre habría regresado con su esposo y los tres estarían felices y contentos. Aquel era el motivo de ir a verla, se dijo el doctor: asegurarse de que estuviese bien para olvidarla luego con la conciencia tranquila.

Llegó a media tarde y al aparcar notó actividad en la parte de atrás de la casa, así que allí se dirigió. La mayoría del huerto había desaparecido y en su lugar había una gran plataforma de hormigón, allí donde se habían alzado los árboles. Solo la vista seguía siendo hermosa. Golpeó la puerta de la cocina.

—He venido a ver a Amabel –dijo alargando la mano cuando la señora Graham abrió la puerta–. Soy el doctor Fforde.

—¿La conoció cuando recibíamos huéspedes? –preguntó la madre de Amabel, dándole la mano con inquietud–. Se ha ido –dijo y abrió la puerta–. Pase. Mi esposo vendrá luego. ¿Quiere una taza de té?

–Sí, gracias –dijo él, mirando a su alrededor–. Había un perro...

–Se lo ha llevado. Y también el gato. A mi marido no le gustan los animales. Y la tonta de mi hija no quería que los sacrificaran. Además, nos ha dejado en la estacada: mi marido se quiere dedicar a producir verduras y contaba con su ayuda. Estamos construyendo un invernadero grande.

–Sí, donde estaba el huerto de manzanos –apuntó el doctor, aceptando el té que le alcanzaba la señora Graham. Cuando esta se sentó, tomó asiento frente a ella.

–Y Amabel, ¿dónde ha ido? –le preguntó con tanta naturalidad que la mujer respondió inmediatamente.

–A Yorkshire, nada más y nada menos. Y Dios sabe cómo habrá llegado allí. La tía de mi primer marido vive cerca de York, en un pueblecito llamado Bolton Percy, desde donde nos llamó Amabel. Ah, aquí está mi esposo.

Los dos hombres se estrecharon la mano, hablaron un poco y luego el doctor Fforde se levantó para marcharse.

Estaba claro que aquel hombre dominante no haría nada por animar la relación de su esposa con Amabel, pues no hizo ningún esfuerzo por ocultar lo poco que la apreciaba.

Mientras conducía hacia su casa, el doctor pensó que la joven había hecho bien en marcharse. Le parecía un poco drástico irse hasta Yorkshire, pero si tenía familia allí, seguro que ellos le habían organizado el viaje. Ya no tenía por qué preocuparse, estaba claro que Amabel había resuelto su futuro. Parecía bastante sensata.

Bates le dijo que había llamado la señora Potter-Stokes.

—Preguntaba si usted la llevaría a la exposición de mañana por la noche que ya le ha mencionado.

¿Por qué no?, pensó el doctor Fforde. No tenía por qué preocuparse más por Amabel.

La exposición resultó ser muy vanguardista, con obras que parecían dibujos hechos por niños. El doctor Fforde escuchó los triviales comentarios de Miriam Potter-Stokes, pero su mente estaba en otro lugar. Era hora de que se tomase unas vacaciones, decidió. Atendería los casos más urgentes y se marcharía de Londres unos días. Le gustaba conducir y ya habría menos tráfico en las carreteras que durante el verano.

Así que cuando Miriam sugirió que quizá le gustara pasar el fin de semana en la finca de sus padres, él declinó la invitación con firmeza.

—No puedo, gracias. Me iré de Londres por unos días.

—Pobre, trabajas demasiado. Necesitas una esposa que se ocupe de que no te excedas —dijo Miriam sonriente, e inmediatamente se arrepintió de haberlo dicho, ya que Oliver replicó con un comentario cortés, pero con total indiferencia en su fría mirada azul. Tenía que tener cuidad, reflexionó Miriam, si quería convertirlo en su esposo.

El doctor Fforde abandonó Londres una semana más tarde, con tres días por delante para llegar a York, encontrar el pueblo donde vivía Amabel y asegurarse de que esta era feliz con su tía abuela y tenía planes para el futuro. No analizó demasiado el porqué de su preocupación. Tras desayunar temprano, partió con Tiger sentado en el asiento junto a él, erguido y atento al tráfico. Se detuvo una vez a repostar y otra a comer algo, y como había mirado el mapa antes de partir, salió de la autopista y avanzó por carreteras comarcales hasta ser pronto recompensado con la visión de la calle principal de Bolton Percy. Detuvo el coche frente a las tiendas y entró. Todos los clientes se dieron la vuelta para mirarlo.

—¿Se ha perdido? —preguntó una señora—. Pregunte, que no tengo prisa.

—Busco a la señorita Amabel Parsons —dijo el doctor con una sonrisa agradecida, suscitando mayor interés aún.

—Está de visita en casa de su tía. La casa grande de dos pisos al final de la calle. No tiene pérdida —dijo la señora y miró el reloj—. Seguro que estarán en casa.

El doctor fue hasta donde le habían indicado y detuvo el coche frente a la casa, una construcción sólida de ladrillo visto que ofrecía una alegre imagen con sus ventanas iluminadas. Llamó a la puerta.

La señorita Parsons abrió con expresión severa, capaz de disuadir a alguien menos decidido que él.

—He venido a ver a Amabel —dijo el doctor amablemente—. Soy el doctor Fforde, Oliver Fforde. Su madre me ha dado las señas.

—Thisbe Parsons —replicó la señorita Parsons, estrechando la mano que él le alargaba—. Soy la tía abuela de Amabel. Me ha hablado de usted —miró por encima de su ancho hombro—. Estábamos a punto de tomar el té. ¿Quiere hacer entrar al perro? Espero que no sea agresivo, porque Cyril está aquí.

—Ya se conocen —sonrió él—, gracias.

Dejó salir a Tiger y ambos la siguieron atravesando la casa hasta un salón amplio y cálido, con hermosos muebles antiguos, plantas y adornos, algunos de valor. Amabel se puso de pie con expresión de agradable sorpresa y el doctor suspiró aliviado.

—Amabel —dijo estrechándole la mano con una sonrisa—, fui a tu casa y tu madre me dio estas señas. He tenido que venir a York por uno o dos días y me pareció una buena oportunidad para renovar nuestra amistad.

—Me he marchado de casa —dijo ella, mirando su rostro amable.

—Sí, me lo dijo tu padrastro. Se te ve muy bien.

—La tía Thisbe es muy buena conmigo. Y Cyril y Oscar se sienten a sus anchas.

—Siéntese y tome un té. Cuénteme lo que lo ha traído a York, doctor Fforde —dijo la tía Thisbe levantando la tetera.

El doctor también tenía tías, así que se sentó dócilmente a tomar el té y respondió sus preguntas sin decirle demasiado. Pronto la conversación se hizo general y él no intentó preguntarle a Amabel cómo era que se encontraba tan lejos de su casa. Ya se lo diría ella cuando llegase el momento. Todavía le quedaban dos días antes de volver a Londres.

—Tomamos una merienda-cena a las seis. Esperamos que venga, a menos que tenga algún compromiso en York.

—No tengo nada hasta mañana por la mañana. Acepto con gusto.

—En ese caso, será mejor que Amabel y usted saquen a los perros a correr un rato mientras yo me ocupo de preparar la comida.

Estaba oscuro ya y hacía fresco. Amabel se puso la gabardina.

–Podemos subir hasta arriba del pueblo y volver por el sendero de atrás –le dijo.

–Cuéntame lo que sucedió –sugirió él tomándola del brazo cuando salieron con un perro de cada lado.

Era un alivio contárselo al doctor, que había estado allí, así que no había necesidad de explicarle quiénes eran Cyril y Oscar, o su padrastro...

–Lo intenté –dijo Amabel–, de veras intenté que me gustase y quedarme en casa hasta que se estableciesen y les pudiese decir que me gustaría estudiar algo. Pero le caí mal, aunque pretendía que trabajase para él, y odiaba a Cyril y a Oscar.

Tomó aliento y volvió a empezar, sin olvidarse de nada, intentando remitirse a los hechos y no dejarse llevar por sus emociones.

–Has hecho bien –dijo el doctor cuando ella acabó–. Muy bien. Un poco arriesgado lanzarte a hacer el viaje hasta aquí, pero era un riesgo que valía la pena correr.

Volvían a la casa y en la oscuridad se dio cuenta de que ella estaba llorando. Por más que le hubiese causado un gran placer consolarla con un abrazo, evitó hacerlo para no complicar las cosas.

–¿Quieres pasar la tarde conmigo mañana? –le preguntó–. Podríamos ir hasta la costa.

–Me encantaría –dijo ella, tragándose las lágrimas–. Gracias.

La tía Thisbe había puesto la mesa con elegancia, con la tetera en una esquina, huevos fritos en la otra y tostadas, mantequilla y paté casero. También había confitura, miel y sándwiches. Y en el medio, un plato lleno de pastelitos y bizcochos de varios tipos.

El doctor, que estaba hambriento, disfrutó de la comida con placer, algo que lo elevó a los ojos de la tía Thisbe, de modo que cuando propuso llevar a Amabel a dar un paseo en coche al día siguiente, a la tía le pareció una buena idea.

Era un hombre que le gustaba mucho, lástima que el interés que él sentía por Amabel fuese solo amabilidad. Su sobrina lo había recibido con alegría y Dios sabía que la pobrecilla necesitaba amigos de su edad. Qué pena que él estuviese de paso por York y viviese tan lejos...

Después de la merienda, él lavó los platos y Amabel los secó. La anciana, que los escuchaba hablar y reírse desde el salón, pensó que Amabel tendría que conseguir un trabajo para relacionarse un poco durante los largos meses del invierno. Sintió cierta pena al pensar en que tendría que renunciar a su viaje, algo de lo que Amabel no debía llegar a enterarse.

Pronto se fue el doctor, despidiéndose con exquisita cortesía y prometiendo volver la tarde siguiente.

—Pues bien, ya nos podemos quedar tranquilos, ¿verdad, Tiger? —le dijo al perro mientras conducía hasta York—. Iniciará una nueva vida con su encantadora tía, probablemente encontrará un trabajo agradable y un joven adecuado y se casará. De lo más satisfactorio.

Entonces ¿por qué le gustaba tan poco la idea?

A la mañana siguiente, el doctor exploró la ciudad con su perro. Hacía muy buen tiempo. Al fin y al cabo, seguro que sería allí donde Amabel encontraría trabajo. Luego comió en un viejo pub, donde le dieron a Tiger bizcochos y agua. Cuando acabó, se subió al coche para dirigirse a Bolton Percy.

Amabel había pasado la mañana haciendo las pequeñas tareas que le permitía su tía, pero todavía le quedaba tiempo para preocuparse por la ropa. Decidió que lo único adecuado para ponerse era el abrigo corto y la falda tableada con los que había viajado. Total, al doctor Fforde parecía no importarle el aspecto. Le había causado una alegría verlo, como si fuese un viejo amigo, alguien que escuchaba sin interrumpir y hacía sugerencias de forma amistosa e impersonal, como un médico. Es que era médico, recordó.

El doctor llegó puntualmente, habló diez minutos con la señorita Parsons, sugirió que Cyril se sentase atrás con Tiger, ayudó a Amabel a entrar en el coche y tomó el camino hacia la costa.

Cuando llegaron a Flamborough, ataron los perros a las correas y caminaron a paso vivo hasta la península. Hacía viento, pero el aire resultaba tonificante.

—¡Qué maravilloso! —exclamó Amabel cuando se detuvieron a mirar el mar—. Imagínese vivir aquí y despertarse todas las mañanas frente al mar.

—¿Quieres hablar de tus planes, Amabel? —preguntó discretamente el doctor cuando volvían de caminar un largo rato—. ¿Quizá tu tía te ha sugerido algo? ¿O piensas quedarte con ella indefinidamente?

—Quería preguntarle sobre ello. Hay un problema —dijo Amabel, y le habló de lo que se había enterado en la tienda—. La tía Thisbe no me ha dicho nada —concluyó—, pero no puedo permitir que se quede sin su viaje a Italia debido a mi llegada intempestiva —se detuvieron y ella elevó la mirada al rostro de él—.

Como ve, tengo que conseguir trabajo rápidamente, pero no sé cómo hacerlo.

—Pues creo que será mejor que no le digas nada a tu tía sobre sus vacaciones en Italia. Ve a York y apúntate en todas las agencias de empleo que encuentres... —hizo una pausa—. ¿Qué es lo que sabes hacer, Amabel?

—La verdad es que nada —dijo ella sin perder el ánimo—. Labores de la casa, cocinar... Supongo que podría ser camarera o trabajar en una tienda. No es el tipo de trabajo que le guste hacer a la gente, ¿no? Y no está bien pagado. Pero podría empezar en algún lado y luego conseguir un lugar para vivir...

—¿Crees que tu tía te dejaría vivir en su casa cuando ella estuviese fuera?

—Probablemente. Pero... ¿cómo iría a trabajar? El autobús llega al pueblo solo dos días por semana, y en el pueblo mismo no hay posibilidad de ningún empleo —dijo, añadiendo apasionadamente—: ¡Tengo que ser independiente!

—Por supuesto —dijo él, tomándola del brazo para seguir caminando—. No puedo prometerte nada, pero conozco a mucha gente y quizás sepa de algo. ¿Te importa dónde sea?

—No, siempre que pueda llevarme a Oscar y a Cyril.

—¿No hay posibilidad de volver a tu casa?

—Ninguna —dijo—. Qué incordio que resulto a todo el mundo, ¿no?

Aunque coincidía con ella, no se lo dijo. Solo sabía que Amabel quería ser independiente y que por algún motivo que el mismo no comprendía, quería ayudarla.

–¿Tienes bastante dinero? ¿Suficiente para pagar la renta al principio y esas cosas?

–Sí, gracias. Mi madre me dio permiso para que usase el dinero de la lata del té y todavía me queda.

Después de tomar una deliciosa merienda en una posada que encontraron en un pueblecito, llegaron a Bolton Percy por un camino comarcal. El doctor se quedó todo lo que permitían los buenos modales y preguntó si podía ir a despedirse por la mañana.

–¿Quiere venir a tomar un café? –invitó la señorita Parsons.

Cuando Amabel le abrió la puerta al día siguiente, el doctor le dio una lista de las agencias de York y, poniendo como excusa el mal tiempo que se avecinaba, se despidió en cuanto terminó el café. Quería irse. Ya había hecho todo lo que podía por ella. Amabel tenía casa, una tía que obviamente la quería, era joven, sana y sensata, aunque no fuese bonita. No tenía motivos para volver a preocuparse por ella.

Sin embargo, conduciendo por la M1 encontraba difícil olvidarla. Se había despedido de él deseándole un buen viaje y dándole las gracias a la vez que le estrechaba la mano con la suya, pequeña.

–Ha sido muy agradable vernos de nuevo –le había dicho.

Había sido agradable, reconoció él, y era una pena que sus caminos probablemente no se volviesen a cruzar en el futuro.

–Nunca podré agradecerte lo suficiente que me hayas ofrecido un hogar –le aseguró Amabel a su tía aquella noche–, y me lo paso muy bien aquí contigo.

Pero por algún lado hay que empezar, ¿no? Y estoy segura de que me gustará York. Tiene que haber un montón de empleos para alguien como yo, sin preparación. Me comprendes, ¿verdad, tía?

–Por supuesto que sí, chiquilla. Pero tienes que prometerme que si las cosas te van mal, vendrás aquí –titubeó un instante para añadir–: Y si yo no estoy aquí, recurre a Josh y su esposa.

–Te lo prometo. Mañana hay autobús a York, ¿no? ¿Te parece que vaya a otear un poco el horizonte?

–Josh tiene que llevar el coche al mecánico mañana por la mañana. Irás con él. Hay un autobús a las cuatro de la tarde, pero si lo pierdes, llama y Josh te irá a buscar.

Fue un día muy desalentador. No había nada para ella porque no tenía experiencia en ningún sector. Pero ¿cómo se conseguía la experiencia si no se podía trabajar?

Cuando llegó a casa de su tía por la tarde no estaba desanimada. Al fin y al cabo, era el primer día y había logrado apuntarse en varias agencias de empleo.

Al volver a Londres, el doctor Fforde se sumergió de lleno en su trabajo, asegurándole a Bates que había disfrutado mucho del fin de semana.

–¿Por qué está tan decaído entonces? –le preguntó Bates a Tiger–. Necesita salir un poco.

Así que el mayordomo se alegró cuando su jefe le dijo que aquella noche llevaría a la señora Potter-Stokes al teatro y luego a cenar.

Tendría que haber sido una velada deliciosa: Miriam estaba hermosísima y divertida, llena de anécdotas de sus amigos comunes e inteligentes preguntas sobre su trabajo. Pero era consciente de que él no le prestaba toda su atención.

–¿Has disfrutado del fin de semana? –le preguntó utilizado todo su encanto para atraer su interés–. ¿Dónde has estado? –añadió.

–En York...

–¿York? –repitió–. Querido Oliver, tendrías que habérmelo dicho. Podrías haber visto a una gran amiga mía: Dolores Trent. Tiene una de esas tiendas en Shambles, ¿sabes? Vende cristal y arreglos de flores secas. Pero es un desastre, no sabe administrarla. Me decía en una carta el otro día que pensaba buscar una dependienta –miró al doctor y vio con satisfacción que él sonreía.

–¿De veras? ¿Y es tan atractiva como tú, Miriam?

Ella esbozó una sonrisa de triunfo. La velada había resultado un éxito después de todo.

Exactamente lo mismo que pensaba el doctor.

CAPÍTULO 4

C UANDO Amabel volvía de pasear a Cyril, su
   tía la recibió en la puerta.
–Qué pena –le dijo–. Acaba de llamar el doctor Fforde. Se ha enterado de un trabajo por casualidad. Una señora que tiene una tienda en York necesita una dependienta. Me ha dicho el nombre, Dolores
Trent, pero no sabe la dirección exacta. Es una tienda de artesanía en Shambles. ¿Por qué no te acercas
a Shambles y ves si puedes encontrarla? Qué amable
acordarse de ti.

Josh la llevó después de comer y quedaron en
que cuando acabase lo llamaría por teléfono.
Shambles era una calle estrecha de adoquines con
tiendas caras que vendían lo que compra la gente
cuando está de vacaciones: adornos, regalos, detalles
de compromiso. Encontró la tienda después de recorrer la calle de arriba abajo, mirando los nombres y
deteniéndose una o dos veces a mirar joyas o alguna
prenda bonita en una boutique. Era pequeña, encaja-
da entre una librería y una pastelería cuyo escaparate
hacía la boca agua. Tenía jarrones de cristal, grandes
cestas de flores de seda y original cerámica. En un
ángulo del cristal, había una discreta tarjeta en la que
ponía *Se necesita dependienta*.

Amabel abrió la puerta y entró. La señora que sa-

lió a recibirla por la cortina de cuentas del fondo en-
cajaba perfectamente con el local: llevaba una túnica
de seda, muchas joyas y la envolvía una nube de
exótico perfume.

–¿Quiere mirar? –preguntó sin demasiado interés–. Tómese el tiempo que quiera...

–Vengo por el anuncio del escaparate –dijo
Amabel–. Necesita una ayudante. ¿Le serviría yo?

Dolores Trent la observó detenidamente. Una joven anodina, decidió, pero de aspecto agradable.

–¿Vive aquí? ¿Tiene referencias? ¿Tiene experiencia? –preguntó abruptamente.

–Vivo con mi tía en Bolton Percy y me puede dar
referencias. No tengo experiencia como dependienta,
pero estoy acostumbrada a la gente. He tenido huéspedes.

–Al menos es sincera –rió la señorita Trent–.
¿Cómo hará para venir a trabajar desde Bolton
Percy?

–Espero encontrar un sitio donde vivir en York.

Varios pensamientos pasaron en rápida sucesión
por la cabeza de Dolores Trent. Estaba la habitación
vacía en la trastienda, detrás del servicio y la pequeña cocina, que podría amueblar con algo del trastero
de su casa. Si la chica vivía allí, como tendría alojamiento gratuito, no sería necesario pagarle el salario
que le correspondía... A la señorita Trent, tacaña por
naturaleza, le gustó la idea.

–Podríamos ver, si las referencias son satisfacto-
rias. Su horario sería de nueve a cinco, con el domingo libre. Tendría que mantener la tienda limpia,
desembalar la mercancía, ordenarla en los estantes,
atender a los clientes y ocuparse del dinero. Haría

los recados y se ocuparía de la tienda cuando yo no estuviese. ¿Dice que quiere vivir aquí? Hay una habitación grande en la trastienda, con ventanas y una puerta que da a un pequeño patio. Muebles esenciales y ropa de cama. Hay una cocinita y un servicio que puede usar. Como comprenderá, si le permito vivir aquí, no podré pagarle el salario habitual.

Mencionó una suma que Amabel sabía que era un poco mas de la mitad de lo que le hubiese correspondido. Por otro lado, tendría un techo, seguridad e independencia.

—Tengo un perro y un gato. ¿Algún inconveniente?

—Ninguno si no aparecen por la tienda. Un perro vendría bien, hay muy poco movimiento por la noche. ¿No le da miedo?

—No. ¿Me permite ver la habitación?

Fue una sorpresa. Agradable, amplia y ventilada, con dos ventanas y una pequeña puerta que daba a un cuadrado de hierba descuidada. Pero estaba rodeado de altos muros: Oscar y Cyril estarían seguros allí.

Dolores la miró. La chica necesitaba el empleo, así que no era probable que se marchase sin preaviso si le parecía que había demasiado trabajo. Especialmente con un perro y un gato.

—En caso de que sus referencias sean adecuadas —le dijo—, habría un periodo de prueba de un mes. Le pagaré semanalmente. Cuando acabe el primer mes, las dos tendremos que anunciar con una semana si rescindimos el contrato. La llamaré cuando haya comprobado sus referencias.

Amabel esperaba ilusionada que Josh la fuese a buscar. Algo era algo: un sitio donde vivir y la oportunidad de obtener la experiencia que necesitaba para conseguir un trabajo mejor. Podría hacer amigos, buscar con tranquilidad una habitación en la que le permitiesen tener a sus animales y encontrar un empleo con un salario más alto. Pero tiempo al tiempo. Y todo, gracias al doctor Fforde. Qué pena no poder ponerse en contacto con él para agradecérselo. Pero él había vuelto a su mundo, en algún lugar de Londres, y Londres era enorme.

Le costó un poco de trabajo convencer a la tía Thisbe de que trabajar en la tienda de la señorita Trent tendría la ventaja de abrirle la puerta a otras oportunidades; que sería mucho más fácil encontrar trabajo una vez en York que si se quedaba en Bolton Percy, como la tía sugería, y al fin lo logró. Así que Amabel envió sus referencias y, al cabo de un par de días, consiguió el trabajo.

—Me da mucha pena que te vayas, chiquilla. Tienes que pasar los domingos aquí, por supuesto. Y cualquier tiempo libre del que dispongas. Y si no estoy, entonces recurre a Josh y a su mujer, que te cuidarán. Josh tiene la llave, así que haz como si la casa fuese tuya.

—¿Te irás por mucho tiempo?

—Pues me ha invitado a pasar unas semanas en Italia una amiga que tiene un apartamento. No me había decidido a ir, pero ya que tienes trabajo y tanto interés en independizarte...

—¡Ay, tía, qué bonito! ¡Mira qué bien ha salido todo! Yo estaré bien en York y me encantará venir, si a la señora Josh no le molesta. ¿Cuándo te vas?

—¿Comienzas a trabajar el lunes? Probablemente me marcharé durante la semana.

—Pensaba pedirle a la señorita Trent si me podía mudar el domingo.

—Buena idea. Josh puede llevarte en el coche y asegurarse de que todo esté bien.

La señorita Trent no tuvo ningún inconveniente y le dejó la llave en la pastelería, que abría los domingos. Le dijo que podía entrar y salir a su gusto y tendría que estar lista para abrir el lunes a las nueve de la mañana. Su tono era amistoso, aunque un poco impaciente.

Amabel hizo la maleta y la señorita Parsons, con diligente eficiencia, le preparó una caja con comida: botes de sopa, queso, huevos, mantequilla, pan, galletas, té, café y unas botellas de leche. Escondida, le metió una pequeña radio. Por más que Amabel se hiciese la valiente, se sentiría sola. Decidió posponer sus vacaciones hasta después del domingo y así asegurarse de que estuviese bien, para poder irse con la conciencia tranquila. La echaría de menos, pero no había que intentar retener a los jóvenes.

No fue fácil despedirse de la tía Thisbe. Amabel se había sentido feliz en su casa. Le tenía verdadero afecto a la anciana y sabía que el cariño era recíproco, pero no podía alterarle la vida de forma permanente. Se sentó en el coche junto a Josh y se dio la vuelta para saludar con la mano y sonreír. Volvería el domingo, pero aquella era la verdadera despedida.

Cuando llegaron a York, Josh la ayudó con sus cosas. En la pastelería le dieron la llave. Amabel abrió y entró por la tienda a su nuevo hogar.

La señorita Trent había dicho que amueblaría la habitación y lo había hecho: había un sofá-cama contra una pared, una mesa con una silla junto a la

ventana, un gastado sillón de orejas junto a la pequeña estufa y una alfombra deshilachada sobre el suelo
de madera. También la había provisto de una pila de
sábanas, una caja con cubiertos y una lamparita con
una horrible pantalla de plástico.

–Esto será completamente distinto cuando aco-
mode mis cosas y cuelgue las cortinas –dijo Amabel
en tono alegre.

–Desde luego, señorita –replicó Josh con voz
inexpresiva–. La señorita Parsons dijo que tomáse-
mos un café al lado. La ayudaré a colocar sus cosas.

–Me encantará tomar un café, pero después no es
necesario que te molestes, Josh. Tengo toda la tarde
para colocar las cosas como a mí me gusta.

Tomaron el café y Josh se fue con la promesa de
volver el siguiente domingo por la mañana, no sin
rogarle que llamase por teléfono si necesitaba algo.
Amabel sintió que Josh no aprobaba su deseo de ser
independiente y se apresuró a asegurarle que todo
estaba bien...

Cuando entró a la habitación, colocó los muebles
a su gusto, encendió la estufa, puso a los animales
frente a esta y metió en el armario de la cocinita las
abundantes provisiones que la generosa y práctica tía
Thisbe le había preparado. Encontró una tetera y una
cacerola, donde puso a calentar una de las latas de
sopa. Después fue a inspeccionar el diminuto servicio. Sobre el lavabo había un pequeño calentador, así
que tendría abundante agua caliente.

Hizo una lista mientras tomaba la sopa: una alfombra barata, una pantalla bonita para la lámpara, un par
de cojines, un jarrón, pues era esencial tener unas flores, y un par de ganchos para colgar su escasa ropa.

Dejó a Oscar durmiendo en su cesta, apagó la estufa y, tomando la correa de Cyril y su abrigo, salió de la tienda y echó el cerrojo. Para entonces era media tarde y no había gente en la calle. Caminó a paso vivo hasta la iglesia de St. Mary, que tenía un parque donde podría hacer correr un poco a Cyril todos los días antes de abrir la tienda y también después de cerrarla. Durante el día tendrían que usar el rectángulo de césped, podría dejar la puerta abierta...

Cuando volvía, pensó en el doctor Fforde. Trataba de no hacerlo con demasiada frecuencia, porque era lo bastante sensata para darse cuenta de que no había sitio en su vida para él, pero siempre le estaría agradecida. Al acercarse a la tienda vio que la pastelería estaba cerrando. La calle se hallaba muy tranquila, pero algunas de las tiendas tenían marquesinas iluminadas.

Después de merendar, encendió las luces y recorrió la tienda lentamente, sin tocar nada pero fijándose dónde estaba todo. También buscó el sitio del papel de envolver, la cinta y las etiquetas. Cuanto antes aprendiese todo, mejor.

Luego cenó, sacó a los animales por última vez y se preparó para dormir. Hizo lo que pudo con el lavabo del servicio, pero se preguntó cómo haría para ducharse. La chica de la pastelería parecía simpática, quizá la pudiese ayudar. Se metió en la cama, sus dos compañeros se echaron a sus pies y se durmió enseguida.

Se levantó pronto al día siguiente, se vistió y le abrió la puerta a Oscar para que saliese al jardincito. Luego llevó a Cyril a dar su paseo. Al volver, había algunos signos de vida: las cortinas de las viviendas sobre las tiendas comenzaban a descorrerse y de la pastelería salía un delicioso aroma a pan. Amabel hizo la cama, ordenó la habitación, les dio de comer a los animales y después de desayunar fue a la tienda, cerrando la puerta de comunicación.

Cuando la señorita Trent llegó, se encontraba esperándola.

—Normalmente no vengo tan pronto —le dijo su jefa después de responder apenas con una cabezadita a su saludo. Dolores se quitó el abrigo y tomando un espejito, se estudió el rostro—. Si no estoy, abre la tienda. Y si no estoy a la hora de la comida, cierra la tienda media hora y vete a comer algo. ¿Has echado un vistazo? ¿Sí? Pon el cartel de «Abierto» en la puerta. Hay un plumero debajo del mostrador: quita el polvo al escaparate y luego saca las figuras de porcelana que hay en esa caja con cuidado. Ponlas en el estante de abajo y márcalas con el precio, que estará en la factura dentro de la caja.

Guardó el espejo y le quitó el cerrojo al cajón del mostrador.

—¿Cuál era tu nombre? —cuando Amabel se lo recordó, dijo—: Pues, bien, yo te llamaré Amabel y tú me puedes llamar Dolores. Probablemente no habrá clientes hasta las diez, así que me iré al lado a tomar un café. Puedes tomarte el tuyo cuando vuelva.

Lo cual fue media hora más tarde. Para entonces, Amabel había acabado con las figuritas de porcelana, rezando para que no apareciese ningún cliente.

—Tómate quince minutos —dijo Dolores—. Hay café y leche en la cocina; bébetelo en tu habitación si quieres.

Los animales se alegraron de verla, aunque fuese por un momento.

Cuando volvió, había gente en la tienda. Se tomaban su tiempo en elegir lo que querían. Dolores les prestaba poca atención, sentada tras el mostrador mientras Amabel se encargaba de envolver las compras. Muy de vez en cuando aconsejaba a algún cliente con voz lánguida.

A la una le dijo a Amabel que cerrase la puerta con llave.

—Abre nuevamente dentro de media hora si no he vuelto —le dijo—. ¿Te he dicho que el miércoles cierro por las tardes? Probablemente me vaya un poco más pronto, pero tú puedes cerrar la tienda y luego hacer lo que quieras.

Aunque Amabel se alegró al enterarse, le pareció que la mentalidad de su jefa no era demasiado comercial. Cerró la tienda y se hizo un sándwich antes de ir a sentarse en la hierba con Oscar y Cyril.

Se alegró el miércoles a la una; nunca pensó que cansaría tanto estar de pie en la tienda y aunque Dolores era amable, hacía que Amabel se quedase después de la hora de cierre para desembalar la mercancía y colocarla en el escaparate. Dolores hacía poco más que sentarse detrás del mostrador y hablar todo el tiempo por teléfono. Solo se implicaba cuando algún cliente se mostraba realmente interesado en comprar.

Amabel aprovechó la tarde para proveerse de comida, tela para una cortina, una pantalla nueva, flores... Cuando cobrase, compraría un mantel y una colcha alegre para la cama. Luego sacó a Cyril a dar un paseo y se sentó junto a la estufa eléctrica de su habitación mientras merendaba y miraba una revista que Dolores había dejado detrás del mostrador.

Luego escribió una carta a su madre y pensó un poco en el doctor Fforde.

Por fin llegó el domingo, que llevó consigo a Josh y la perspectiva de pasar un día agradable con la tía Thisbe, la cual la recibió con los brazos abiertos y la mandó inmediatamente a que se diese un baño de espuma.

—Seguro que lo echas en falta —dijo—. Baja cuando estés lista y tomaremos café mientras me cuentas todo.

Amabel, sonrojada tras el baño, se sentó con Oscar y Cyril a su lado frente a la chimenea y le hizo un relato detallado de la semana.

—¿Tienes dónde cocinar una comida como Dios manda?

—Sí, claro. Y la habitación está muy bonita ahora que he puesto los cojines y las flores.

—¿Estás contenta, Amabel? ¿De veras? ¿Tienes suficiente tiempo libre? ¿Te paga bien?

—Sí, tía. York es una ciudad preciosa y la gente de las otras tiendas en Shambles es muy amable...

Lo cual era una exageración, pero la tía Thisbe tenía que convencerse de que nada le impedía irse a Italia.

Se iría la semana siguiente, le dijo la señorita Parsons a Amabel. Pero Amabel tenía que seguir pasando el domingo en Bolton Percy, Josh se ocuparía de todo.

Cuando Amabel se encontró nuevamente en su habitación con otra caja de provisiones y un edredón de plumas que su tía le había dado, se sintió satisfecha de haber convencido a la anciana de que estaba perfectamente feliz. Se escribirían y, cuando la tía Thisbe volviese para Año Nuevo, volverían a plantearse el futuro.

Pasaron una o dos semanas. Amabel se compró un abrigo de invierno y algunas otras cosas. También ahorró, aunque no tanto. Dolores pasaba cada vez menos tiempo en la tienda. Aparecía a la hora de abrir y luego se iba a la peluquería o a tomar café con sus amigas. A Amabel le pareció extraño, pero no había demasiados clientes. Las ventas subirían en Navidad, le dijo Dolores.

Aunque sabía que su jefa la explotaba, Amabel se sentía contenta de estar bien ocupada. Bastante sola estaba las pocas horas que pasaba en su habitación al cerrar la tienda. Cuando se sintiese más segura en su trabajo, se propuso tomar algunas clases o ir a bailar. Mientras tanto, leía, hacía punto y escribía alegres cartas a su casa.

Y cuando no estaba haciendo eso, pensaba en el doctor Fforde. Era una pérdida de tiempo, pero ¿qué más daba? Era agradable recordar... Se preguntó qué estaría haciendo él y deseó saber más sobre su vida. ¿Pensaría en ella alguna vez?

A decir verdad, él pensaba en ella muy poco. Tenía una vida muy ocupada. En dos ocasiones, al visitar a su madre, había visto cómo progresaban las obras en la casa de la madre de Amabel, pero pensó que ya no tenía sentido detenerse. Esperaba que la joven se hubiese establecido ya. Quizá cuando tuviese tiempo, iría a verla...

Salía con bastante frecuencia con Miriam y los amigos habían comenzado a invitarlos a cenar juntos. A veces iba con ella al teatro, cuando en realidad hubiese preferido quedarse en su casa, pero

Miriam era divertida y lo bastante inteligente para simular que realmente le interesaba su trabajo.

Una noche en que llegó tarde después de trabajar todo el día en el hospital, lo recibió Bates con un mensaje de Miriam: ambos estaban invitados a ir al teatro. Tenía que pasar a buscarla a las siete y media y llevarla a cenar después del teatro. En ese instante se dio cuenta de lo que sucedía.

Se quedó un momento en silencio luchando contra un acceso de rabia. Pero cuando habló, no había rastros de ella en su voz.

—Llama a la señora Potter-Stokes y dile que no puedo salir esta noche —dijo, y de repente, sonrió—. Ah, y, Bates, dile que me iré de viaje unos días.

—De acuerdo, doctor —dijo Bates. Su rostro permaneció inescrutable aunque sentía una profunda satisfacción. Contrariamente al doctor, hacía tiempo que se había dado cuenta de que Miriam se había propuesto convertirse en la señora Fforde.

En cuanto al doctor Fforde, comió una espléndida cena y se pasó el resto de la velada organizando su agenda para ver cuándo se podría escapar un par de días. Primero iría a la casa de la señorita Parsons, porque quizá Amabel había optado por no trabajar en la tienda en York. Además, su tía sabría dónde se hallaba. Sería interesante volverse a ver...

Casi una semana más tarde partió hacia York con Tiger a su lado. A las cuatro horas, después de una parada para comer algo y ejercitar un poco al perro, se detenía frente a la casa de la señorita Parsons. Nadie respondió a su llamada, por supuesto, pero al rato Josh salió del cobertizo del jardín y lo vio.

—¿Busca a la señorita Amabel? La casa está cerrada. La señorita se ha ido al extranjero a pasar el invierno y su sobrina tiene un trabajo en York. Viene los domingos, que es su día libre –dijo. Se quedó mirando al doctor un momento–. Querrá saber dónde trabaja. Una de esas tiendas elegantes de Shambles. Vive en una habitación en la trastienda con esos dos animales suyos. Los trae el fin de semana y mientras se lava la ropa y toma un baño, ventila la casa. Luego come con nosotros. Es una joven muy independiente que no quiere molestar. Dice que todo le va bien en el trabajo, pero... no sé, no se la ve muy bien.

–¿Se lleva bien con su tía? –preguntó el doctor, preocupado–. Parecía que eran amigas...

–Sí que lo son. Yo no quiero entrometerme, pero me parece que la señorita Amabel se fue para que la señorita Parsons no tuviese que alterar sus planes de vacaciones.

–Creo que tiene razón. Iré a verla y asegurarme de que todo está bien.

–Hágalo, señor. Mi mujer y yo no estamos demasiado tranquilos, pero como no teníamos a nadie con quien hablar de ello...

El doctor Fforde se subió al coche. Ya era media tarde y lloviznaba. Estaba hambriento y tenía que registrarse en el hotel donde se había alojado la otra vez, pero primero había que encontrar a Amabel.

De rodillas al fondo de la tienda, Amabel estaba retirando el embalaje a docenas de Papá Noel en miniatura para la campaña de Navidad. Dolores se encontraba en la peluquería y llegaría a tiempo para hacer la caja y cerrar la tienda.

Estaba cansada y se sentía sucia, y no había tenido tiempo para merendar porque Dolores pretendía que acabase con todo antes de cerrar. Al menos no había habido gente durante un rato, pero Amabel había comenzado a preocuparse por la cantidad de trabajo que su jefa esperaba que hiciese. Según pasaba el tiempo, Dolores iba cada vez menos a la tienda. Hablar con ella era peligroso: podría despedirla y, aunque consiguiese trabajo sin dificultad, tenía que tener en cuanta a Cyril y Oscar... Desenvolvió la última de las figuritas y levantó la vista cuando alguien entró a la tienda.

El doctor Fforde se encontraba en el vano de la puerta. Le dio la sensación de que ella no estaba contenta, pero luego Amabel sonrió y su rostro se iluminó.

—Josh me ha dicho donde encontrarte y que tu tía está de viaje —dijo él con naturalidad. Miró a su alrededor—. ¿Vives aquí? Supongo que no tendrás que ocuparte de la tienda tú sola, ¿no?

—No —dijo ella, poniéndose de pie. Se alisó la falda—. La señorita Trent ha ido a la peluquería. ¿Está de paso?

—He venido por un par de días. ¿A qué hora cierra la tienda?

—A las cinco. Pero luego tengo que ordenar.

—¿Quieres salir conmigo esta noche?

—Claro que sí —dijo ella, que se había inclinado a acariciar a Tiger—. Pero tengo que ocuparme de Oscar y Cyril, y sacar a Cyril a dar su paseo, así que no estaré lista hasta las seis.

—Vendré a eso de las cinco...

Dolores llegó y al ver a un cliente, adoptó su actitud encantadora.

—¿Ha encontrado algo? Mire tranquilo —sonrió, preguntándose si se encontraba solo. Quizás podría ofrecerse a mostrarle un poco la ciudad..., la pastelería todavía no había cerrado...

—He venido a ver a Amabel —dijo el doctor—. Hace un tiempo que nos conocemos y como me quedo un día o dos...

—¿Son amigos? —le preguntó Dolores sin malicia—. ¿Vive aquí?

—No, pero he estado antes.

—Ah —dijo Dolores inocentemente—, pensé que sería de Londres. Tengo amigos allí —dijo, porque una idea muy poco probable se le había ocurrido—. Supongo que no los conocerá. Vine aquí poco después de mi divorcio y fue una amiga, Miriam Potter-Stokes, quien me convenció de que me buscase una ocupación.

—Sí, conozco a Miriam —dijo él afablemente, y Dolores supo que había dado en la diana—. Le diré qué bonita es su tienda.

—Gracias. Tengo que irme. Amabel, cierra a las cinco. Nos traerán los candelabros antes de las nueve de la mañana, así que asegúrate de que estás aquí para entonces —recordó y sonrió al doctor—. Mucho gusto de haberlo conocido. Espero que disfrute de su estancia aquí.

Cuando llegó a su casa, Dolores se sirvió una copa y llamó por teléfono sin dilación.

—Miriam, escucha y no interrumpas. ¿Sabes dónde está tu Oliver? ¿No? ¿Es un hombre alto y guapo que habla con parsimonia y va con un perro negro?

Está en mi tienda. Parece llevarse muy bien con Amabel, mi empleada. Hace tiempo que se conocen –lanzó una risita–. No estés tan segura de que Oliver sea tuyo, Miriam.

Escuchó la voz indignada de Miriam y sonrió. Miriam era una antigua compañera de colegio, pero no le vendría mal que le bajasen un poco los humos.

–No te alteres tanto, cielo. Ha venido por un par de días. Me mantendré alerta y ya te avisaré si hay algo por lo que preocuparse –la tranquilizó–. Lo dudo, porque ella es una cosita insignificante, una sosa que se viste súper mal. Ya te llamaré mañana.

–¿Dónde vives, Amabel? –preguntó el doctor una vez que Dolores se fue–. Supongo que aquí no.

–Pues sí. Tengo una habitación en la trastienda.

–Ya me la mostrarás cuando vuelva –dijo él lanzando una mirada el reloj–, dentro de media hora.

–Pues... –dijo ella dudando.

–¿Te alegras de verme, Amabel?

–Sí –afirmó sin titubear.

Se acercó a ella y la tomó de las manos, inclinando la cabeza para mirarla.

–Hay un proverbio nigeriano que dice: «Al verdadero amigo, tómalo con ambas manos» –dijo, añadiendo con suavidad–: Yo soy un verdadero amigo, Amabel.

CAPÍTULO 5

MIENTRAS cerraba la tienda, les daba de comer a los animales y se arreglaba, Amabel sintió un agradable calorcillo interno. Tenía un amigo, un amigo de verdad. Pasaría la velada con él y podría hablar. Tenía tanto de que hablar...

—Me falta sacar a pasear a Cyril —le dijo cuando llegó y lo hizo pasar a su habitación.

Él se quedó en el medio y miró a su alrededor, acariciando a Cyril, distraído. No permitió que su rostro expresase nada.

—Es una ventaja tener espacio para Oscar y Cyril, ¿no? ¿Están contentos?

—Sí. No es lo ideal, pero tengo suerte de haberlo encontrado. Y tengo que agradecérselo a usted. No he podido hacerlo antes porque no sabía dónde vivía.

—Suerte que he venido entonces. ¿Podemos dejar a Oscar solo durante unas horas?

—Sí. Sabe que saco a Cyril por la noche. Me pondré el abrigo.

Se moría por una taza de té. Se le había hecho eterna la tarde sin tomar nada. Además, tenía hambre. Le había dicho que eran verdaderos amigos, pero no lo conocía lo bastante para pedirle que fuesen a una cafetería; además, Cyril necesitaba su paseo.

Hacía media hora que andaban cuando él se detuvo y la tomó del brazo.

—El té —le dijo—. ¿Has tomado tu té? ¡Si seré imbécil!

—No, no importa —dijo ella—. En serio. Fue una sorpresa tan agradable cuando apareció en la tienda...

—Tiene que haber algún sitio donde podamos merendar —dijo él.

Así es que fueron a un salón de té, donde saciaron su apetito con tostadas con mantequilla, pastelitos de frutas y una tarta de nuez que él insistió en que probase.

—Pensaba que podíamos cenar en mi hotel —le dijo—, pero si no estás demasiado cansada podemos recorrer un poco la ciudad. York es magnífica y me gustaría conocerla un poco más.

—A mí también. Pero me parece que sería mejor que no fuese a cenar. Es decir, está Cyril y yo no... no estoy vestida para...

—La gente del hotel es muy comprensiva con los perros. Los dos pueden quedarse en mi habitación mientras cenamos. Y estás muy guapa así, Amabel.

Lo dijo de una manera tan natural, que ella se tranquilizó inmediatamente y, al cabo de un rato, siguieron con su paseo.

Aunque los edificios históricos ya estaban cerrados, recorrieron las calles hasta volver a Shambles por el extremo opuesto de la tienda de Dolores. Allí se detuvieron un rato mientras ella le mostraba la pequeña iglesia medieval adonde iba a veces, y luego se dirigieron a Minster. Los dos estuvieron de acuerdo en que era un sitio que había que ver con tiempo.

El hotel quedaba cerca de allí y, mientras Amabel se iba a arreglar un poco y dejar el abrigo, el doctor entró con los perros. Cuando ella volvió a salir, la estaba esperando.

—Nos merecemos una copa —le dijo—. Y espero que tengas tanto apetito como yo.

El hotel no era muy grande, pero tenía el discreto confort de un perfecto servicio. El maître los llevó a una de las mejores mesas y nadie prestó atención a la ropa sin gracia de Amabel. Comieron delicados soufflés de queso seguidos de rosbif con una exquisita guarnición. A Amabel no le venía mal una buena comida y, desde luego, saboreó cada bocado. Logró incluso probar un poco de mousse de limón de postre.

Disfrutó con toda espontaneidad y la copa de clarete que él le pidió le devolvió el color a sus mejillas, además de quitarle la timidez. Hablaron como dos personas que se conocen bien y luego, después de tomar el café tranquilamente, el doctor fue a buscar los perros y Amabel, su abrigo; y volvieron a la tienda.

Daban las once cuando llegaron. Él le abrió la puerta y le dio la correa de Cyril.

—Mañana es miércoles. ¿Tienes la tarde libre? —preguntó, y cuando ella asintió con la cabeza, dijo—: Bien. ¿Puedes estar lista a la una y media? Llevaremos a los perros hasta el mar, ¿te parece? No te molestes en comer, tomaremos cualquier cosa aquí al lado.

—¡Qué estupendo! —le sonrió ella—. Dolores casi siempre se va a las doce los miércoles, así que puedo cerrar puntualmente. Solo tendré que ocuparme de

Oscar –dijo, añadiendo un poco preocupada–: ¿Es necesario que vaya muy arreglada?

–No, no. Ponte ese abrigo y algo con que cubrirte la cabeza: puede hacer fresco en la costa.

–Gracias por la cena –dijo ella, alargando la mano–. Lo he pasado muy bien.

–Yo también, Amabel –dijo él con sinceridad–. Esperaré hasta que entres y cierres. Buenas noches.

Ella entró por la tienda y se dio la vuelta para saludarlo con la mano cuando abrió la puerta de su habitación y encendió la luz. Después de un momento, el doctor se fue al hotel. Tendría que volver a Londres al día siguiente, pero podía marcharse tarde y viajar por la noche. Así podrían volver a cenar juntos.

–¿Estoy bobo? –le preguntó a Tiger.

El gruñido del perro podría haber sido tanto sí como no.

–¿Lo pasaste bien con tu amigo, Amabel? –dejó caer Dolores a media mañana.

–Oh, sí, gracias –respondió ella, contenta ante su inesperado interés–. Fuimos a dar un paseo por la ciudad y cenamos en su hotel. Y esta tarde vamos al mar.

–Habréis tenido bastante de lo que hablar…

–Mucho. Su visita fue tan inesperada. Creí que no lo volvería a ver...

–¿Viene mucho? York queda lejos de Londres.

–Pues sí. Vino justo antes de que comenzase a trabajar aquí. Mi madre le dijo dónde encontrarme.

Dolores, prudentemente, no hizo más preguntas.

–Abrígate bien –le dijo–. Hará fresco en la costa.

Y puedes irte en cuanto llegue, tengo cosas que hacer en la tienda.

Mientras seguía lustrando cuidadosamente unos marcos de plata, Amabel pensó que quizá Dolores fuese más amable de lo que ella creía.

—Ve a arreglarte —le dijo cuando se divisó la corpulenta figura del doctor aproximándose—. Que espere diez minutos en la tienda mientras te preparas.

Mientras Amabel le daba de comer a Oscar, se peinaba y le ponía la correa a Cyril, Dolores invitó al doctor a que echase un vistazo a la tienda.

—Ya hemos comenzado la campaña de Navidad —le dijo—. Siempre hay muchos clientes, pero cerramos cuatro días. Amabel podrá irse a casa de su tía abuela. En este momento está en el extranjero, pero estoy segura de que para entonces habrá vuelto —le echó una mirada especulativa—. ¿Usted también se tomará unas vacaciones?

—Sí, supongo que sí.

—Pues si ve a Miriam, dele recuerdos de mi parte. ¿Se queda mucho?

—Me voy esta noche. Pero volveré antes de Navidad.

Amabel salió entonces, con Cyril. Parecía tan feliz que Dolores tuvo un instante de remordimiento. Pero fue solo un instante y, en cuanto ellos se fueron, llamó por teléfono.

—Miriam, prometí llamarte. Tu Oliver acaba de salir de la tienda con Amabel. La va a llevar a la costa y pasarán el resto del día juntos. Además, me ha dicho que tiene intenciones de volver antes de Navidad. ¡Será mejor que te busques otro candidato, cariño! —exclamó. Al oír a la otra despotricar, dijo—:

Yo no perdería el tiempo enfadándome. Si lo quieres tanto, será mejor que pienses en algo.

Miriam pensó en algo inmediatamente.

–No, no puedo hacer eso –dijo Dolores cuando se lo dijo. Aunque era una chismosa, no hacía las cosas con maldad–. La chica trabaja muy bien, y no puedo despedirla así como así.

–Por supuesto que puedes. Conseguirá un trabajo enseguida, hay mucho por Navidad. Y cuando Oliver vuelva, le dices que ella ha conseguido un puesto mejor y que no sabes dónde está, que le avisarás si sabes algo. No podrá faltar a su trabajo más de dos días. A la chica no le pasará nada y «ojos que no ven, corazón que no siente»... –concluyó Miriam, y se echó a llorar.

Dolores cedió; después de todo, Miriam y ella eran viejas amigas.

Tras comer una nutritiva sopa en un pequeño pub, porque según el doctor no podían ir a pasear con el estómago vacío, salieron en el coche hacia el norte por las colinas de Yorkshire hasta un pueblecito de pescadores llamado Staithes.

El doctor Fforde aparcó el coche y, entrelazando su brazo firmemente con el de Amabel, comenzó a andar en medio del fuerte viento, con los perros trotando alegremente a su lado. No hablaron, era difícil hacerlo debido al aire y, en realidad, no había necesidad. Les bastaba su mutua compañía.

El mar estaba picado, gris bajo un cielo gris, y en cuanto salieron del pueblo no encontraron a nadie. Al rato volvieron al pueblo y recorrieron sus calles mirando los escaparates de los anticuarios. Anduvieron entre las hermosas casas estilo Regencia y las más modestas de los pescadores hasta llegar al pub Cod and Lobster.

La merienda fue estupenda. Amabel, con las mejillas sonrosadas y el cabello alborotado, radiante después del ejercicio, comió tarta de jengibre, tostadas y mermelada casera con un apetito espléndido.

Se sentía feliz: la tienda, el triste cuartucho, la soledad y la falta de relaciones no importaban. Estaba con alguien que había dicho que era su amigo. No hablaron sobre sí mismos ni sobre sus vidas, había tantas otras cosas de las que charlar. Finalmente, se levantaron a regañadientes para irse.

Cuando llegaron a York era todavía temprano y el doctor aparcó el coche en su hotel. Llevó a los perros a su habitación mientras Amabel se arreglaba.

Había poca gente en el restaurante y comieron pollo *à la king* y pastel de limón con nata mientras conversaban afablemente. Amabel deseó que la velada no acabase nunca, pero como eso no podía ser, poco antes de las nueve dejaron el hotel para ir andando hasta la tienda. La chica que trabajaba en la pastelería estaba cerrando. Los saludó con la mano y luego se quedó mirándolos. Le gustaba Amabel, que parecía llevar una vida solitaria y aburrida. De repente, había aparecido aquel gigantón.

El doctor tomó la llave de Amabel, le abrió la puerta y se la devolvió.

—Gracias por una tarde tan hermosa, Oliver —dijo ella—. Me siento renovada con tanto aire fresco y buena comida.

—Me alegro —dijo él sonriendo al rostro entusias-

mado que se elevaba hacia él–. Tenemos que repetir-
lo en algún momento –al ver su expresión de incerti-
dumbre, añadió–: Esta noche me voy a Londres,
Amabel. Pero volveré.

Abrió la puerta y la hizo entrar, no sin antes darle
un rápido beso. La chica de la pastelería lo vio y
sonrió. Amabel no sonrió, pero se sentía radiante.

Había dicho que volvería...

Dolores parecía afectuosa por la mañana: quiso
saber dónde había ido Amabel, si había comido bien
y si su amigo volvería a visitarla.

Amabel, sorprendida por su actitud, no vio motivos para esconderle nada y le hizo un alegre relato
de su tarde. Cuando Dolores mencionó que quizás él
volviese pronto, Amabel le aseguró que sí.

Cualquier duda sobre el plan de Miriam se la quitó la chica de la pastelería cuando le sirvió el café.

–Qué bien que Amabel tenga con quien salir –comentó–. Se lo ve muy enamorado de ella. La besó al
despedirse y todo. Se quedó en la puerta de la tienda
una eternidad, hasta que ella entró. Ya volverá, seguro. Qué increíble, ¿no? Con lo sosa que parece...

Miriam se tenía que enterar de aquello, así que
Dolores envió a Amabel a la oficina de correos a
buscar un paquete y llamó a su amiga por teléfono.
Imaginaba que su reacción sería de rabia o de lágrimas, pero no esperaba silencio.

–¿Miriam? –preguntó después de un momento.

Miriam pensaba rápido; había que deshacerse de
la chica enseguida. Si Dolores no estaba decidida todavía, tendría que hacerlo con urgencia.

—Dolores, tienes que ayudarme —dijo con una vocecilla angustiada—. Estoy segura de que es algo transitorio. Hace unos pocos días pasamos la velada juntos —añadió, aunque era totalmente falso. No le preocupaba mentir, lo importante era contar con el apoyo de Dolores. Logró emitir un gemido—. Si él vuelve a visitarla y ella no está, no podrá hacer nada el respecto. Sé que tiene compromisos en el hospital que no podrá evitar —se inventó—. Por favor, dile que ella tiene un trabajo nuevo y que no sabes dónde es. ¿O que tiene novio? Mejor dile que dijo que se reuniría con su tía en Italia. Ahí sí que no se preocuparía más por ella. De hecho, seguro que es lo que ella haría.

—Pero tiene el gato y el perro... —comenzó Dolores.

—¿No has dicho que había un matrimonio que trabajaba para su tía. Se los dejará a ellos —dijo. Parecía una solución razonable.

—De acuerdo, la echaré. Pero dentro de unos días. Tengo que preparar la mercancía de Navidad y no puedo hacerlo sola.

—No sabes cuánto te lo agradezco —dijo Miriam, emitiendo otro convincente gemido—. Estoy segura de que todo se arreglará cuando él vuelva y estemos juntos nuevamente.

Lo cual era excesivamente optimista por su parte. Una vez que Oliver volvió, no hizo ningún intento por ponerse en contacto con ella. Cuando ella lo llamó, un inexpresivo Bates le dijo que el doctor no se podía poner.

Desesperada, fue al consultorio, donde le dijo a la recepcionista que él la esperaba cuando terminase de ver a sus pacientes.

–Oliver, sé que no debería estar aquí, pero hace tanto que no nos vemos... –dijo cuando él salió de la consulta a la sala de espera. Levantó el rostro hacia él, consciente de su propia belleza–. ¿He hecho algo que te ha molestado? Nunca estás en casa cuando te llamo, tu mayordomo siempre dice que no te puedes poner –le colocó una mano en el brazo y esbozó una triste sonrisa que había practicado frente al espejo.

–He estado ocupado... y lo sigo estando. Lamento no haber podido verte, pero me tendrás que tachar de tu lista, Miriam –le sonrió–. Estoy seguro de que hay media docena de hombres haciendo cola para salir contigo.

–Pero ellos no son tú, Oliver –rió ella–. No estoy dispuesta a dejarte ir –dijo, y se dio cuenta de su error cuando él levantó las cejas ligeramente–. Eres el perfecto compañero para salir de vez en cuando, y lo sabes.

Se despidió de él con un alegre adiós.

–Estarás en la cena de los Sawyer, ¿verdad? –añadió–. Nos veremos allí.

–Sí, por supuesto –dijo él, pero Miriam se dio cuenta de que, de no ser por sus buenos modales, le habría demostrado su impaciencia. Cuanto antes se librase Dolores de aquella muchacha, mejor, pensó. Una vez que esta hubiese desaparecido del mapa, ella se dedicaría a cazar a Oliver.

Pero Dolores no había hecho nada por echar a Amabel. Por un lado, porque la necesitaba en la tienda y por el otro, su indolencia le impedía tomar decisiones.

Una nerviosa y malhumorada Miriam la llamó por teléfono, poniendo punto y final a su indecisión.

Le dijo que una de sus amigas había mencionado que Oliver no estaría en Londres para el cumpleaños de su hija. Y el cumpleaños tendría lugar tres días más tarde.

—Tienes que hacer algo rápidamente, lo prometiste —dijo Miriam, simulando estar tristísima, aunque en realidad, lo que sentía era rabia—. Ay, Dolores,, me siento tan infeliz —sollozó.

—En cuanto llegue a la tienda —prometió Dolores, la cual sintió que no le quedaba más opción.

Ni se molestó en dar los buenos días al entrar a la tienda. No le gustaban las cosas desagradables y cuanto antes acabara con aquello, mejor.

—Tengo que despedirte —le dijo a Amabel—. No hay suficiente trabajo para ti, y además, necesito la habitación del fondo. Puedes irte esta noche, en cuanto acabes de hacer la maleta. Deja tus cosas, las vendrás a buscar más tarde. Te pagaré, por supuesto.

—¿Qué he hecho? —preguntó Amabel con voz ahogada, colocando en el estante el hada que desembalaba.

—Nada. Ya te lo he dicho: quiero la habitación y no te necesito en la tienda —apartó la mirada—. Puedes volver con tu tía, y si quieres trabajo, hay muchos empleos antes de Navidad.

Amabel no dijo nada. ¿De qué le valdría? Sería inútil decirle que su tía seguía fuera y que había recibido una tarjeta de Josh pidiéndole que no fuese al pueblo el domingo porque se marchaban fuera diez días.

—Y no vale la pena que digas nada —dijo Dolores abruptamente—. Ya lo he decidido y no quiero oír ni una palabra del tema.

Se fue a la pastelería a tomar su café y al volver, le dijo a Amabel que podía tomarse una hora libre para recoger sus cosas.

Amabel sacó su maleta y comenzó a llenarla. No tenía ni idea de adónde ir. Le alcanzaba el dinero para pagar una pensión, pero ¿aceptarían a sus animales? No tendría mucho tiempo de buscar nada una vez que saliese de la tienda, a las cinco. Deshizo la cama, metió la comida que le quedaba en una caja y volvió a la tienda.

Cuando dieron las cinco, Dolores seguía en la tienda. Le dio a Amabel el salario de una semana, le dijo que podía dar su nombre si alguien le pedía referencias y volvió a sentarse tras el mostrador.

–No te entretengas –le dijo–. Quiero irme a casa.

Pero Amabel no estaba dispuesta a apresurarse. Le dio de comer a sus animales, se lavó y merendó, porque no estaba segura de cuando podría volver a comer. Luego se puso el abrigo nuevo, tomó a Cyril de la correa, la cesta de Oscar, su maleta y salió.

No dijo nada. «Buenas noches» hubiese sido una burla. Cerró la puerta tras de sí, levantó la maleta y tras saludar con la mano a la chica de la pastelería, partió a buen paso. Si pudiese encontrar algo hasta que volviesen Josh y su mujer...

Anduvo por calles laterales, porque en el centro seguro que no encontraría nada barato, y finalmente encontró un sitio, deprimente y sucio, pero donde la dejaron quedarse con sus animales a condición de que se los llevase durante el día. Salió a comer y cuando volvió se lavó, se limpió los dientes, se puso el camisón y se metió en la cama. Estaba demasiado cansada para pensar, así que cerró los ojos y se durmió.

A la mañana siguiente se levantó pronto y salió con los dos animales, pero a mediodía había comprobado que sería difícil encontrar un trabajo donde se pudiese llevar a Oscar y Cyril. Compró un cartón de leche y un bocadillo de jamón y encontró un rincón tranquilo junto a St. Mary's, donde se sentó a darles de comer a los animales la lata que les había llevado. Luego sacó a Oscar para que explorase los canteros. El animal pronto volvió a acomodarse en su cesta.

La tarde fue tan decepcionante como la mañana y lo mismo sucedió con el día siguiente. El tercer día, cuando tomaba el desayuno, lo informaron de que tenía que dejar la habitación libre, que habían hecho la vista gorda un par de días, pero que los animales no gustaban a otros huéspedes.

Era una mañana hermosa pero fría. Amabel se sentó en el parque a pensar. No podía volver a su casa; ya se había escapado una vez y quizá no resultase tan fácil otra vez. Y nada la haría abandonar a Cyril y a Oscar.

Tenía que esperar ocho días hasta que volviese Josh. Y aunque fuese muy frugal, no le alcanzaría el dinero para pagar un alojamiento durante ese tiempo.

Compró el periódico y miró los anuncios. Después de marcar los más interesantes, se levantó para ir a verlos, pero con la maleta y la cesta de Oscar resultaba un poco cansado. La rechazaron en todas partes, sin maldad, pero con una indiferencia dolorosa.

De repente, se encontró frente a la iglesia medieval que a veces visitaba. Siguiendo un impulso, entró. Estaba silenciosa y fría, pero había paz dentro.

–Las cosas nunca son tan malas como parecen –dijo en voz alta y Cyril movió el rabo, en señal de asentimiento. Pronto, cansado de tanto caminar, el perro se durmió a sus pies, pero Amabel se quedó pensando, intentando hacer planes con una cansada cabeza que, a pesar de sus esfuerzos, estaba llena de pensamientos sobre Oliver. Si él estuviese allí, pensó soñadora, sabría exactamente qué hacer.

El doctor había llegado a York poco después de comer, se había registrado en el hotel y, con el fiel Tiger a su lado, se dirigió a la tienda de Dolores. Esta se hallaba tras el mostrador, leyendo, pero levantó la vista cuando lo vio entrar y se puso de pie. Sabía que tarde o temprano aparecería, pero sintió un pánico momentáneo al verlo.

–He venido a ver a Amabel –le dijo él–. ¿Puede tomarse una o dos horas libres? O mejor, la tarde. No puedo quedarme demasiado en York.

–No está.

–No estará enferma, ¿no?

–Se ha ido. No la necesitaba más –retrocedió un paso al ver la expresión de su rostro–. Tiene a su tía.

–¿La despidió así como así? –dijo el doctor sin levantar la voz, pero Dolores se estremeció al oírlo–. ¿Se llevó al perro y al gato?

–Por supuesto. Dijo algo de ir a casa de unos amigos de su madre. Por... –se interrumpió, intentando inventar algo–. Creo que dijo Nottingham, una tal señora Skinner... –acabó y lanzó un suspiro de alivio.

–No la creo –dijo él, mirándola con frialdad en

los ojos y el rostro inescrutable–. Y si le pasa algo a Amabel, la consideraré responsable de ello.

El doctor se marchó. Dolores se precipitó a la cocina a servirse un whisky y no vio a la chica de la pastelería llamando al doctor.

–¿Busca a Amabel? La despidió sin siquiera darle una semana de preaviso, pobrecilla. Le dijo que no la necesitaba más.

–Dolores me ha dicho que se ha ido a casa de unos amigos.

–No la crea –dijo la chica, dando un bufido–. Esa mujer le dirá cualquier cosa. Seguro que se ha ido a casa de su tía. El hombre ese, Josh, la viene a buscar los domingos.

–Gracias. Probablemente esté allí. Ya la avisaré si la encuentro.

Lo miró irse. Era un sueño de hombre, al margen del dinero. Llevaba un abrigo de cachemira y su corbata de seda costaría lo que un vestido de ella...

Pero no había nadie en la casa de la señorita Parsons y tampoco en la casita de Josh. En la tienda del pueblo no tuvo mejor suerte: Josh estaba de viaje y no habían visto a Amabel.

El doctor volvió a York, aparcó el coche en el hotel y volvió a salir a pie con Tiger. Estaba preocupado, angustiado al no saber el paradero de Amabel. Hizo un esfuerzo por tranquilizarse mientras metódicamente recorría las calles de la ciudad.

Estaba seguro de que no se había ido de York. Preguntó en las tiendas y en una le dijeron que la habían visto hacía dos días comprando un bocadillo y un café. Una pista débil, pero suficiente para hacerlo volver andar por la ciudad.

Cuando llegaba a un extremo de Shambles por segunda vez, reparó en la pequeña iglesia cercana donde Amabel le dijo que iba de vez en cuando. Entró por la puerta abierta y la vio, una figura pequeña sentada en uno de los primeros bancos. Lanzando un suspiro de alivio, se dirigió silenciosamente hasta donde se encontraba.

–Hola, Amabel –le dijo con calma–. Pensé que te encontraría aquí.

–Oliver –dijo ella al verlo mientras Cyril meneaba el rabo y gemía de alegría–. Oliver, ¿eres realmente tú?

Las lágrimas le impidieron continuar y él se sentó a su lado y le pasó un brazo por los hombros. Dejó que llorase y, cuando sus sollozos remitieron, le ofreció su pañuelo.

–Lo siento –dijo Amabel–. Ha sido la sorpresa... Estaba pensando en ti y de repente, has aparecido.

–Amabel –dijo él con ternura–, fui a la tienda y esa mujer, Dolores, me dijo lo que había hecho. Llevo horas buscándote, pero este no es momento de hablar de ello. Primero iremos al hotel, cenaremos y te irás a dormir; y mañana ya hablaremos.

CAPÍTULO 6

VARIAS horas más tarde Amabel, alimentada, duchada y acostada, con Cyril bajo la cama y Oscar echado a sus pies, intentaba recordar lo que había sucedido, que parecía un cuento de hadas.

¿Cómo había conseguido Oliver un saloncito privado, una bandeja con té, comida para Oscar y Cyril tan rápido? Le habían deshecho la maleta, lavado y planchado la ropa, se hallaba en una habitación con un balcón donde Oscar se podía sentir libre, había tomado una cena deliciosa, una copa de vino y Oliver la había instado a comer y beber y no hacer preguntas, sino irse a la cama, porque tenían que partir temprano por la mañana.

Había obedecido, soñolienta. Agradeció la cena y le deseó buenas noches. Y todo parecía perfectamente normal, al igual que los sueños parecían normales. Por la mañana tenía que encontrar una forma de irse, pero en esos momentos solo podía cerrar los ojos.

Cuando los volvió a abrir, un débil sol se filtraba por las cortinas y una simpática camarera le traía una bandeja con un té.

—El doctor Fforde desearía que se vistiese deprisa y se reuniese con él en el saloncito dentro de veinte minutos. Yo tengo que llevarme el perro para que pueda salir con el del doctor.

Amabel tomó el té, sacó a Oscar al balcón y se duchó y vistió a toda prisa para no hacer esperar a Oliver, así que su pelo no era una maravilla y apenas se puso maquillaje, pero estaba descansada y dispuesta a lo que fuese.

El doctor se encontraba mirando por una ventana. Se dio la vuelta cuando ella entró y la contempló detenidamente.

—Eso está mejor —el aspecto de Amabel había mejorado—. ¿Has dormido bien?

—Sí, sí. Maravillosamente —dijo, y se inclinó a acariciar la cabeza de Cyril—. Gracias por sacarlo. Y gracias por la habitación, fue como un sueño.

Les llevaron el desayuno y, cuando se sentaron a la mesa, ella dijo:

—Supongo que tendrás prisa. La camarera me pidió que me apresurara. Te agradezco tu amabilidad, Oliver —luego añadió—: Hay varios trabajos que iré a ver esta mañana.

—Amabel, somos amigos, así que no digamos más tonterías —dijo el doctor, untando generosamente una tostada con confitura—. Eres una joven con valor, pero ya basta. Dentro de media hora nos marcharemos de York. Le he escrito una nota a Josh para que sepa lo que ha sucedido cuando vuelva a su casa y se lo diremos a la señorita Parsons lo más pronto posible.

—¿Decirle qué?

—Dónde estarás y lo que estarás haciendo.

—No iré a casa.

—No, por supuesto que no. Me gustaría que hicieses algo por mí. Tengo una tía abuela que se está recuperando de un ligero ataque de apoplejía. Lo único que desea es volver a su casa, pero mi madre no ha logrado encontrar a nadie que viva con ella durante un tiempo. Tiene un ama de llaves y una doncella que llevan años con ella. Lo único que hay que hacer es hacerle compañía, conversar, entretenerla. Es mayor, tiene más de ochenta años, pero adora su casa y su jardín.

Le estaba pidiendo ayuda y ella le debía tanto... Además, era su amigo, y los amigos se ayudan cuando es necesario.

—Si a tu tía abuela le parece bien que esté con ella, lo haré. Pero ¿y Oscar y Cyril?

—Vive en el campo y le gustan los animales. Te aviso que es muy mayor y puede que le dé otro ataque, así que el puesto no es permanente.

—Supongo que para alguien como yo, sin ninguna preparación, será difícil encontrar un trabajo fijo —dijo ella, y se terminó el café—. Pero tengo que escribirle a la tía Thisbe para decírselo.

—¿No tienes su número de teléfono?

Cuando llamaron, la voz de la tía Thisbe sonó fuerte y clara preguntando quién era.

—Soy yo, Amabel. No pasa nada, pero tengo que contarte..., es decir, explicar...

—¿Señorita Parsons? —dijo el doctor, quitándole el auricular de las manos—. Soy Oliver Fforde. Quiero tranquilizarla. Amabel está conmigo y totalmente segura. Ya se lo explicará, pero le prometo que no tiene que preocuparse por nada —le devolvió el teléfono—. Sacaré a los perros a dar una vueltecilla. Dile a tu tía que la llamarás esta noche.

Amabel le relató a la tía Thisbe de forma bastante coherente lo que había sucedido.

–Y Oliver me ha ofrecido un trabajo con una tía de él. Le he dicho que sí porque me gustaría retribuirle su amabilidad.

–Muy sensato de tu parte, cariño. Una oportunidad para agradecerle y a la vez tener ocasión de decidir lo que quieres hacer. Oí que Oliver decía que me llamarías. Esto cambia las cosas, desde luego. Pensaba volver para Navidad, para recibirte en casa, pero ahora que no es necesario, me quedaré unas semanas más. Pero recuerda, si me necesitas, llámame. Es un alivio que Oliver haya acudido en tu ayuda. Es un buen hombre, alguien en quien se puede confiar.

Amabel acababa la conversación cuando entró Oliver.

–He metido a los perros en el coche –dijo él presuroso–. ¿Quieres ponerte el abrigo y nos vamos? –metió a Oscar en la cesta–. Tengo que estar de vuelta en el hospital a las tres, así que te dejaré de paso –añadió con impaciencia–: Ya te explicaré por el camino.

Como estaba claro que no le diría más hasta que lo considerase conveniente, Amabel obedeció. Pero la consumía la curiosidad mientras esperaba que llegaran a la M1 y el doctor le explicase la situación.

–Vamos a Aldbury, en Hertfordshire. Mi madre está allí, preparando todo para el retorno de mi tía. Ella te lo explicará todo: tu tiempo libre, el salario…, y pasará la noche para ayudarte a instalarte. Está muy aliviada de que hayas aceptado el trabajo y tanto ella como la señora Twitchett, el ama de llaves, y Nelly están encantadas.

–Puede que no le guste a tu tía abuela.

—No sé qué puede haber en ti que no le guste, Amabel.

Mientras hablaba, el doctor lanzó una ojeada al perfil sin pretensiones que miraba hacia adelante. Amabel parecía de lo más tranquila, a pesar de que él le había pasado como una apisonadora por encima, llevándola a un futuro incierto. Era lo único que se le había ocurrido hacer; no tenía tiempo y hubiese sido impensable dejarla sola en York.

—Te he empujado un poco, ¿no? Pero a veces hay que aprovechar las oportunidades.

—Una buena oportunidad para mí —sonrió Amabel—. Te estoy muy agradecida y lo haré lo mejor que pueda con tu tía abuela. ¿Cómo se llama?

—Lady Haleford. Ochenta y siete años, hace diez que es viuda. No tiene hijos. Le encantan su jardín, los pájaros, el campo y los animales. Le gusta jugar a las cartas y hace trampas. Desde el ataque está muy inquieta y nerviosa. Es olvidadiza y está un poco malhumorada —dijo, añadiendo—: Me temo que no habrá gente joven.

—Bueno, nunca he salido demasiado, así que no importa.

Cuando tuviese un momento, pensó el doctor, saldría con ella, a cenar y bailar, al teatro o a un concierto. No le tenía lástima. Amabel no era el tipo de persona que inspirase pena, pero se merecía un poco de diversión y a él le gustaba. Tenía que reconocer que incluso se estaba encariñando un poquito con ella, de una forma fraternal. Deseaba verla llevar la vida que ella quería, de modo que pudiese conocer gente de su edad, casarse... Frunció el ceño. Ya habría tiempo para eso...

Siguieron viajando en silencio, cómodos con su mutua compañía.

–¿Quieres que paremos? –preguntó él al rato–. Hay un pub muy tranquilo unos quince kilómetros más adelante. Podemos sacar a los perros.

El pub se encontraba apartado del camino y el aparcamiento se hallaba casi vacío.

–Entra –le dijo el doctor–. Yo sacaré a los animales. No podemos quedarnos mucho.

Amabel no perdió tiempo y se dirigió al servicio de señoras.

Tomaron sándwiches de rosbif y café, dejaron corretear un poco a los perros y volvieron a entrar al coche. Oscar, dormitaba en su cesta.

Viajar en un Rolls Royce era muy agradable, reflexionó Amabel. Y Oliver conducía con calma. Le daba la impresión de que era un hombre que no se alteraba fácilmente.

–Ya no falta demasiado –dijo él cuando salió de la autopista.

Aldbury era un pueblo encantador, de la época de los sajones, rodeado de bosques y parques. Amabel supo que le gustaría vivir allí y deseó que fuese en alguna de las casas antiguas que pasaban, de ladrillo con vigas de madera y tejado de paja.

El doctor condujo hasta el otro lado del estanque con patos y se detuvo frente a una vivienda un poco apartada de las demás. Aunque era un poco más grande, también tenía el tejado de paja y su mismo aspecto acogedor. Se bajó y le abrió la puerta a Amabel.

–Ven a saludar a mi madre –la invitó–. Yo bajaré a los perros y a Oscar dentro de un momento.

La puerta de la casa se abrió, dando paso a una mujer sonriente, baja y gruesa.

—Ya ha llegado, señorito Oliver —dijo afablemente—. Y la señorita...

—Amabel Parsons. Amabel, esta es la señora Twitchett.

Él se inclinó a besarla y Amabel le estrechó la mano, consciente del escrutinio de la mujer. Ojalá que la cabezadita y la sonrisa de la señora Twitchett fuesen buena señal.

El vestíbulo era amplio y bonito, pero Amabel no tuvo tiempo de mirar demasiado porque enseguida se abrió la puerta y entró la señora Fforde.

—No es necesario que os presente —le dijo el doctor, dándole un beso—. Os dejo un momento, ya vuelvo.

—Sí, hijo. ¿Puedes quedarte?

—Diez minutos. Tengo consulta dentro de un par de horas.

Se fue y la señora Fforde tomó a Amabel del brazo.

—Ven a sentarte un momento. La señora Twitchett traerá el café enseguida. Estoy segura de que os vendrá bien. Me imagino que Oliver no se ha detenido demasiado en el camino.

—Una vez. Tomamos café y sándwiches.

—Pero es un viaje largo, incluso a la velocidad que va él. Quítate el abrigo y ven a sentarte, que te informe un poco de la situación. La tía de mi esposo, lady Haleford, es muy mayor y el ataque la ha afectado considerablemente. Necesita bastante atención. No una enfermera, sino alguien que esté cerca de ella. Espero que no te resulta muy arduo, porque eres joven y... ¡los ancianos pueden ser terriblemente agotadores! Es un encanto de viejecita, y a pesar de que es un poco olvidadiza, está bien de la cabeza. ¿Te lo ha dejado bien claro Oliver? –preguntó la señora Fforde con inquietud.

–Sí. Haré lo posible por que lady Haleford se sienta lo mejor posible, de veras –dijo enseguida Amabel.

–¿No te molesta la vida del campo? Me temo que no tendrás demasiada libertad.

–Señora Fforde, estoy tan agradecida de tener un trabajo que me permita traerme a Oscar y a Cyril..., y me encanta el campo.

–¿Quieres avisarle a tu madre dónde te encuentras? –preguntó la señora Fforde amablemente–. En cuanto te hayas instalado, llámala por teléfono. Yo me quedaré a pasar la noche y mañana traeremos a lady Haleford.

El doctor se unió a ellas entonces. Lo seguía la señora Twitchett con una bandeja con café. Tiger y Cyril entraron tras ella.

–Oscar está en la cocina. Qué animal más sensato es. Ya ha conquistado a la señora Twitchett y a Nelly –le sonrió a Amabel y se dirigió a su madre–. ¿Te irás a casa mañana? Yo intentaré venir el fin de semana próximo. ¿Le aclararás todo a Amabel antes de irte? Bien –dijo, se bebió el café y se inclinó a darle un beso en la mejilla–. Ya te llamaré. Espero que seas feliz con mi tía, Amabel –dijo poniendo una mano en el hombro de esta–. Si tienes algún problema, no dudes en decírselo a mi madre.

–De acuerdo, pero no creo que los haya. Y gracias, Oliver.

Otra vez desaparecía de su vida y esta vez, probablemente fuese la última. La había rescatado con celeridad y sin aspavientos, la había vuelto a ayudar y era lógico que se olvidase de ella. Le ofreció la mano con una sonrisa que le iluminó el rostro.

—Adiós, Oliver.

Él no respondió, solamente le dio una palmadita en el hombro y se marchó.

—Iremos arriba —dijo la señora Fforde entonces—. Te enseñaré tu habitación y luego recorreremos la casa para que te sientas cómoda antes de que llegue lady Haleford. Vendremos a mediodía y yo me marcharé después de comer. ¿Estás segura de que podrás apañártelas?

—Sí —dijo Amabel con seriedad—. Estoy segura, señora Fforde.

Quizá no fuese fácil al principio, pero le debía tanto a Oliver...

Subieron los gastados escalones de roble hasta el descansillo al que daban varias puertas.

—Te he puesto junto a la habitación de mi tía —dijo la señora Fforde—. Hay un cuarto de baño entre las dos habitaciones: el de ella. El tuyo está al otro lado de tu dormitorio. Espero que no te tengas que levantar por la noche, pero si estás cerca, será más fácil.

Abrió una puerta y entraron juntas. Era una habitación amplia, con un pequeño balcón que daba al costado de la casa y hermoso mobiliario. Tenía bonitas cortinas de algodón floreadas a juego con la colcha, una gruesa alfombra y un adorable sillón de orejas junto a una mesita, cerca de la ventana. Delante del tocador había un taburete y una lámpara con un pantalla rosada en la mesilla de noche.

La señora Fforde atravesó la habitación y abrió una puerta.

—Este es tu cuarto de baño. Me temo que es un poco pequeño...

—Es perfecto —dijo Amabel, y pensó en el lavabo en la trastienda.

—Y esta es la puerta que da a la habitación de mi tía.

La atravesaron y entraron a la habitación de lady Haleford. Estaba magníficamente amueblada, con cortinas de damasco, una cama con dosel haciendo juego, un tocador de madera maciza cubierto de cepillos y peines de plata, espejos y pequeños frascos de cristal.

—¿Siempre ha vivido aquí lady Haleford?

—Sí. Al menos, desde la muerte de su esposo. Ella prefiere esta casa a la mansión. El jardín es hermoso y las habitaciones no son demasiado grandes. Además, al estar en el pueblo, puede ver a sus amigos con más comodidad. Hasta su ataque, conducía ella, pero por supuesto que eso no será posible ahora. ¿Sabes conducir?

—Sí, aunque no estoy acostumbrada a hacerlo en grandes ciudades.

—Tendrías que llevar a lady Haleford a la iglesia y quizás a visitar a algún amigo por aquí.

—Podré hacerlo —dijo Amabel.

Recorrieron la casa, que le recordó a la suya: cómoda, antigua e inmaculadamente limpia. Al último sitio que entraron fue a la cocina, tan antigua como el resto de la casa. Algo olía deliciosamente y la señora Twitchett se apartó del fogón para anunciarles que la cena estaría lista al cabo de media media hora. Nelly se afanaba ante la mesa y, delante del fuego, como si hubiesen estado allí toda la vida, Cyril y

Oscar se alegraron de verla, pero no hicieron ningún intento de levantarse a saludarla.

–Parecen cansadísimos –dijo la señora Twitchett–. Ya han comido y no han molestado en absoluto.

–¿De veras que no les incomoda que estén aquí? –preguntó Amabel, inclinándose a acariciarlos.

–Estamos contentas de que estén aquí. Nelly los adora. Siempre serán bienvenidos.

Amabel sintió un súbito deseo de echarse a llorar. Supuso que eran tonterías suyas, pero el hecho de tener un hogar tan cálido para sus dos amigos era fantástico. Merecían paz y tranquilidad después de los últimos meses...

Le sonrió a la señora Twitchett, le dio las gracias y siguió a la señora Fforde fuera de la cocina.

Durante la cena, la madre de Oliver la informó de sus obligaciones: nada oneroso, pero probablemente tedioso y aburrido. Se tomaría su tiempo libre cuando pudiese y si ello no era posible, tendría que tomarse dos medias jornadas. Quizá tuviera que levantarse por las noches ocasionalmente y, la señora Fforde puntualizó, el trabajo podía ser un poco exigente. Pero el salario que le ofreció era el doble de lo que le pagaba Dolores. Amabel pensó que si era cuidadosa podría ahorrarlo íntegro para luego pagarse unos estudios que le permitiesen tener una seguridad en el futuro.

Era una pena que no supiese que el doctor, sentado ante la mesa de su consulta, pensaba en ella mientras analizaba la historia clínica de su próximo paciente. Esperaba que Amabel se sintiese feliz en casa de su tía abuela; todo había sido un poco precipitado y quizá estuviese ya arrepentida, pero algo había que hacer para ayudarla. Se levantó a atender al enfermo y se olvidó de ella totalmente.

Lady Haleford era menuda y delgada y caminaba con un bastón y el apoyo de la señora Fforde, pero aunque andaba lentamente, no parecía en absoluto una inválida. Retribuyó el saludo de la señora Twitchett y de Nelly, que la esperaban en la puerta. Amabel se había quedado en segundo plano, acompañada por Cyril. Oscar se sentó cerca.

—Bien, ¿dónde está la chica que Oliver me ha encontrado? —preguntó la dueña de casa enseguida.

La señora Fforde la acompañó al salón y la sentó en un sillón con respaldo alto.

—Aquí, esperándote —dijo—. Amabel, ven a conocer a lady Haleford.

—Mucho gusto, lady Haleford —dijo Amabel.

Lady Haleford la contempló detenidamente. Tenía ojos oscuros que brillaban en medio de su cara arrugada, su pequeña nariz era aguileña y la boca estaba torcida debido al ataque.

—Una joven sosa —observó—. Pero la belleza tiene solo la profundidad de la piel, según dicen. Bonitos ojos y bonito cabello. Joven... —añadió, malhumorada—, demasiado joven. Los viejos aburren a los jóvenes. No durarás ni una semana, ya lo verás. Tengo mal genio, me olvido de cosas y me despierto por las noches.

—Seré feliz aquí, lady Haleford —dijo Amabel con suavidad—. Espero que permita que me quede y le haga compañía. Su casa es hermosa, ha de estar contenta de haber vuelto. Ahora que está aquí seguro que mejorará rápidamente.

–Pues supongo que tendré que soportarte –dijo lady Haleford, sin dejarse influir por su palabras.

–Solo hasta que usted lo desee, lady Haleford –dijo Amabel rápidamente.

–Al menos sabes hablar –dijo la anciana. Su mirada se dirigió a Cyril–. ¿Este es el perro que me mencionó Oliver? ¿Y también el gato?

–Sí. Ambos son mayores y se portan bien. Le prometo que no molestarán.

–Me gustan los animales –dijo lady Haleford–. Ven aquí, perro.

Cyril avanzó, obediente, y se quedó quieto mientras lady Haleford lo miraba y luego le palmeaba la cabeza suavemente.

Dolores había llamado a Miriam para informarla de la visita del doctor.

–Le dije que ella se había marchado de York, me inventé una tía en algún sitio, una amiga de su madre... –dijo, sin mencionar que él no la había creído–. Se fue y no lo he vuelto a ver. ¿Ha vuelto a Londres? ¿Lo has visto?

–No, todavía no, pero sé que ha vuelto. He llamado a la consulta y dicho que quería un cita. Hace días que está aquí, así que no puede haber pasado demasiado tiempo buscándola. Eres un ángel, Dolores y te has deshecho de ella de una manera genial.

–Para eso están los amigos. Me mantendré alerta por si ella sigue por aquí –lanzó una risilla–. ¡Buena cacería!

Miriam llamó a casa de Oliver varias veces, pero Bates siempre le decía que su jefe había salido.

–¿Se ha vuelto a ir de viaje? –preguntó ella abruptamente.

–No, no, señorita. Supongo que estará muy ocupado en el hospital –dijo Bates.

Cuando el doctor llegó a su casa por la noche, lo informó de las numerosas llamadas.

–Me he atrevido a decirle que usted estaba en el hospital. No quiso dejar mensaje.

–Me parece perfecto, Bates. Si vuelve a llamar, dile con cortesía que estoy muy ocupado en este momento.

Bates murmuró su asentimiento sin dejar ver su satisfacción; no le gustaba Miriam Potter-Stokes en absoluto.

Por pura casualidad, Miriam se encontró una mañana con una amiga de su madre.

–Cariño, hacía tiempo que no te veía. Tú y Oliver Fforde estáis generalmente juntos... –se extrañó–: Él viene a cenar el jueves, pero alguien me había dicho que tú estabas fuera.

–¿Fuera? No, estaré en casa las próximas semanas –dijo Miriam, poniendo cara de pena–. Hace días que Oliver y yo intentamos encontrarnos. Es que está tan ocupado... No te imaginas lo difícil que es pasar juntos una o dos horas.

–Pero, cariño –dijo la señora, que como no tenía nada de malicia no la veía en los demás–, tienes que venir a cenar. Al menos os sentaré uno al lado del otro y podréis pasar un rato juntos. Invitaré a otro hombre para completar el número.

–¡Qué amable de tu parte! –dijo Miriam, ponién-

dole una mano en el brazo–. Al menos, si nos senta-
mos juntos, podremos quedar en vernos otro día.

Ella estaba convencida de que si Oliver la volvía
a ver, reanudaría su amistad con ella y se olvidaría
de esa chica insignificante, pero sufrió una desilusión. El doctor la saludó con su habitual sonrisa, escuchó su entretenida charla y, con sus habituales
buenos modales, evadió sus preguntas de dónde había estado. A Miriam la irritaba que, a pesar de sus
esfuerzos, no lograse que él pasase de ser solo un
amigo. Cuando acabó la velada, la llevó a su casa,
pero no aceptó su invitación de entrar a tomar una
copa.

–Tengo que levantarme temprano –le dijo y le dio
las buenas noches con distante amabilidad.

Miriam se fue enfadada a la cama. No encontraba
nada que criticar en su actitud masculina, pero se dio
cuenta de que había perdido la poca influencia que
había tenido sobre él, lo cual la hizo empecinarse
más en conquistarlo. Desde que era niña, siempre
había obtenido lo que quería, y en esos momentos
quería a Oliver.

–Qué pena que Oliver no pueda venir, se va de
fin de semana –le dijo una amiga de su madre varios
días más tarde, mientras jugaba de pareja con ella al
bridge.

–Sí –dijo Miriam, como si ya lo supiese–. Quiere
mucho a su madre.

–Ella vive en un sitio tan agradable... También irá
a visitar a una tía anciana –rió la señora–. No parece
un programa interesante. ¿Irás con él, Miriam?

–No, había prometido ir a visitar a una antigua
compañera de colegio.

Sin saber por qué, a Miriam le pareció sospecho-
sa aquella información. A los dos días llamó a
Oliver y, haciéndose la desentendida, le propuso ir al
cine.

—No estaré el fin de semana —le dijo él.

—Ah, no importa —dijo ella como si no le importa-
se demasiado—. Otro día será. ¿Vas a visitar a tu madre?

—Sí. Será agradable escaparse de Londres un par
de días.

Aunque parecía amable y cortés como siempre,
Miriam se dio cuenta de que no hacía ningún progre-
so con él. Había alguien más. ¿Sería la misma chica?

Después de pensarlo bastante, Miriam decidió
llamar a la casa de la señora Fforde. Si ella le respondía, cortaría diciendo que se había equivocado de
número. Pero si le respondía el ama de llaves, que
era bastante parlanchina, le tiraría de la lengua.

Tuvo suerte. Cuando dijo que era una antigua
amiga del doctor, la mujer le contó que él iría a pasar
el fin de semana y que partiría la mañana del domingo a visitar a lady Haleford.

—Ah, sí —la alentó Miriam—, su tía abuela. Una
anciana encantadora.

—Acaba de volver a casa —prosiguió el ama de llaves—. Ha tenido un ataque de apoplejía. Pero la señora me ha dicho que han conseguido a alguien que
viva con ella: una joven muy competente.

—Tengo que llamar a lady Haleford. ¿No me daría
el número?

Una vez que tuvo el número, le resultó fácil averiguar que lady Haleford vivía en Aldbury. Encontraría
una excusa para ir a visitar a la anciana y enterarse de

qué era lo que tenia aquella chica que mantenía a Oliver tan interesado en ella.

Amabel se propuso ser la mejor acompañante posible. No le resultó sencillo, porque lady Haleford era bastante difícil. No solo por su edad, sino porque después del ataque ya no podía vivir la vida a la que estaba acostumbrada. Los primeros días todo le parecía mal, aunque toleraba a Oscar y Cyril, y decía que solamente ellos la comprendían. Por suerte, la señora Twitchett y Nelly hacían todo lo posible por ayudar a Amabel, que estaba convencida de que las cosas mejorarían.

Una tarde en que lady Haleford se durmió jugando a las cartas, Amabel se quedó sentada en silencio esperando que se despertase. Y mientras lo hacía, pensó que su trabajo no era fácil, no tenía libertad y casi nada de tiempo libre, pero por otro lado, tenía un hogar cómodo, los animales estaban mimados y cuidados y podría ahorrar dinero. Además, le gustaba lady Haleford, y la casa y el jardín eran hermosos. Tenía tanto que agradecer que no sabía por dónde empezar. Por el doctor, supuso, que había hecho posible que todo sucediese. Si supiese dónde vivía podría escribirle para darle las gracias... La puerta del salón se abrió silenciosamente y él entró.

Amabel lo miró boquiabierta. Luego se llevó un dedo a los labios.

—Está dormida —susurró, y sintió una oleada de felicidad al verlo.

Él se inclinó a darle un beso en la mejilla antes de sentarse.

–He venido a merendar –le dijo–. Y si mi tía me invita, también me quedaré a cenar.

Lo dijo como si fuese algo que hacía habitualmente y tuvo cuidado de esconder el placer que le causaba volver a ver a Amabel. Seguía sin ser una belleza, pero la buena comida le estaba devolviendo las suaves curvas y habían desaparecido sus ojeras.

Qué hermosos ojos, pensó el doctor y sonrió, sintiéndose complacido con su compañía.

CAPÍTULO 7

LADY Haleford se despertó con un pequeño resoplido.

—Oliver, qué gusto. ¿Te quedas a merendar? Amabel, vete a avisar a la señora Twitchett. Ya conoces a Amabel, por supuesto.

—La he visto al entrar. Sí, conozco a Amabel. ¿Cómo te encuentras ahora que estás en casa, tía?

—Me canso —se quejó la señora—, y me olvido de las cosas. Pero es bueno estar en casa nuevamente. Amabel es buena y no se impacienta. Algunas de las enfermeras eran impacientes.

—¿Duermes bien?

—Supongo que sí. Las noches son largas, pero Amabel hace té y charlamos —dijo, añadiendo con ansiedad—: ¿Me pondré bien, Oliver?

—Lentamente —dijo él con suavidad—. Recuperarse es más difícil que estar enfermo.

—Odio la silla de ruedas y el andador. Prefiero apoyarme en el brazo de Amabel. Qué suerte que la hayas encontrado, Oliver. No es guapa y además se viste con esa ropa tan sosa…, pero tiene bonita voz y es dulce —dijo la anciana, como si Amabel no estuviese allí—. Has hecho una buena elección, Oliver.

—Desde luego que sí, tía —dijo el doctor, sin mirar a Amabel.

Nelly les llevó la bandeja con el té y él comenzó a conversar sobre su madre, su trabajo y amigos comunes, dándole tiempo a Amabel para que superase su incomodidad. Era tan sensata que no se molestó por los comentarios de lady Haleford, pero el doctor suponía que se sentía avergonzada.

Cuando acabaron el té, lady Haleford decidió dormir la siesta.

—¿Te quedarás a cenar? —preguntó a su sobrino—. Te veo tan poco...

—Sí, con mucho gusto —dijo él—. Mientras tú duermes un rato, Amabel y yo sacaremos los perros a dar una vueltecita.

—Tomaré una copa de jerez antes de cenar —dijo la anciana, desafiante.

—¿Por qué no? Volveremos dentro de una hora. Vamos, Amabel.

—¿Desea algo antes de que nos vayamos, lady Haleford? —preguntó Amabel, poniéndose de pie.

—Sí, tráeme a Oscar para que me haga compañía.

Oscar, que sabía perfectamente a quién pertenecía la casa donde los habían acogido con tanta cordialidad, se hizo un ovillo en el regazo de la anciana.

Hacía frío fuera, pero la luna brillaba en el cielo estrellado. El doctor tomó a Amabel del brazo y caminó con ella a paso ligero atravesando el pueblo. Pasaron la iglesia y siguieron por un sendero hasta salir al campo. Cada uno llevaba a su perro y los animales trotaban junto a ellos, contentos ante el inesperado paseo.

—Bueno —dijo el doctor—. ¿Qué tal tu trabajo? ¿Ya te has acostumbrado? Estará muy quejumbrosa mi tía después del ataque...

–Sí, pero es lo normal. ¿No lo estarías tú? Me siento muy feliz aquí. El trabajo no es duro y todos son muy amables.

–Pero ¿te tienes que levantar durante la noche?

–De vez en cuando –no le dijo que lady Haleford se despertaba la madrugada la mayoría de las noches y exigía compañía. Temiendo que él le hiciese más preguntas, preguntó–: ¿Has estado ocupado? ¿No has tenido que volver a York?

–No, esa cuestión ya está resuelta satisfactoriamente. ¿Has tenido noticias de tu madre y la señorita Parsons?

–Sí. La tía Thisbe vuelve a casa a finales de enero y mi madre parece muy feliz. Ya han acabado de sembrar y tienen bastante ayuda –titubeó un momento–. Mi madre ha dicho que todavía no vaya a verlos. El señor Graham sigue un poco molesto.

Emprendieron el camino de vuelta.

–¿Qué quieres hacer después?

–Pues, como podré ahorrar mucho dinero, pensaba hacer un curso de informática para conseguir un buen trabajo –añadió con inquietud–: ¿Tu madre quiere que me quede un tiempo más?

–Sí, desde luego. El doctor que piensa que mi tía necesita al menos dos meses en las presentes condiciones, quizá más.

Llegaban a la casa.

–Tienes poca libertad –le dijo el doctor.

–Estoy bien –replicó ella.

Cenaron pronto porque lady Haleford se cansaba enseguida y, en cuanto acabaron, el doctor se levantó para irse.

–¿Volverás? –exigió saber su tía–. Me gusta tener

visitas y la próxima vez tienes que contarme un poco de tu vida. ¿Todavía no has encontrado una chica para casarte? Tienes treinta y cuatro años, Oliver. Con tu dinero, tu espléndida casa y la profesión que amas, necesitas ahora una esposa.

—Serás la primera en saberlo cuando la encuentre —le respondió él, inclinándose a besarla en la mejilla. A Amabel le dijo—: No, no te levantes. La señora Twitchett me acompañará —apoyó una mano en su hombro al pasar a su lado y, con Tiger siguiéndolo, se fue.

—Es un hombre muy ocupado y supongo que tendrá muchos amigos. Pero necesita una esposa. Tiene montones de dónde elegir y está esa Miriam..., la viuda de Potter-Stokes. Hace siglos que lo intenta cazar. Si Oliver no tiene cuidado, lo conseguirá —dijo lady Haleford y cerró los ojos—. No es una buena chica...

Dormitó un momento y entonces Amabel pensó en Oliver. Aunque fuera lo lógico para un hombre de su posición, la idea de que él se casase le resultó deprimente.

Una semana más tarde, Amabel volvía de su media hora de paseo diario con Cyril. Llevaba la cabeza inclinada contra el viento y la lluvia, por lo que no vio el pequeño coche deportivo que estaba aparcado junto a la puerta de lady Haleford hasta hallarse a su lado.

—Disculpe —dijo con inquietud la mujer que lo conducía—, ¿es esta la casa de lady Haleford? Mi madre es amiga de ella y me pidió que pasase a verla, ya que venía hacia esa zona. Pero es demasiado pronto para visitas. ¿Puedo dejarle un mensaje?

Sonreía de forma encantadora mientras examinaba a Amabel. Seguro que aquella era la muchacha, reflexionó Miriam. Parecía una rata mojada. No podía creer que Oliver estuviese interesado en ella. Dolores le había tomado el pelo.

—¿Es usted su nieta o su sobrina? —dijo, desplegando todo su encanto—. ¿Quizá se lo podría decir?

—Soy la acompañante de lady Haleford —dijo Amabel, que percibió la frialdad de los hermosos ojos azules—. Pero le daré el mensaje si lo desea. ¿Quiere volver más tarde o esperar dentro? Ha estado enferma y no madruga.

—Pasaré a la vuelta —dijo Miriam con una dulce sonrisa—. Lamento retenerla con esta lluvia, qué poco considerada. Pero quizá a usted no le importa el campo en invierno. A mí no me gusta esta parte de Inglaterra. He estado en York durante un tiempo y después de pasar por allí, este pueblo parece tan triste…

—Es muy agradable —dijo Amabel—. Pero York es hermosa. Vivía allí hasta hace poco tiempo.

Con el rostro enmarcado por húmedos mechones, sonrió al recordar al doctor.

—¿Tiene buenos recuerdos de allí? —preguntó bruscamente Miriam.

—Sí —dijo Amabel, que inmersa en sus recuerdos no se dio cuenta.

—Bueno, no la detengo más —sonrió Miriam, haciendo un esfuerzo por parecer amistosa.

Más tarde, Amabel le habló a lady Haleford de su encuentro.

–Me cuesta recordar la gente –dijo la anciana, inquieta–. ¿Cómo era? ¿Morena, rubia, bonita?

–Rubia y muy hermosa, con unos enormes ojos azules. Conducía un deportivo rojo.

Pero Miriam no volvió, por supuesto, y después de unos días se olvidaron de ella.

Miriam decidió cambiar de táctica. Dejó de llamar al doctor, pero se preocupó de asistir a las cenas de los amigos comunes a las que él estaba invitado. Como se acercaba la Navidad, había bastantes.

Pero la vida social de Oliver dependía mucho de su trabajo, así que, para irritación de Miriam, solo lo veía de vez en cuando. Cuando lo hacía, él era amable y cordial como siempre, pero nada más.

Los días se sucedían plácidamente en Aldbury. Lady Haleford tuvo sus altibajos y Amabel pasó muchas horas sentada en su habitación leyéndole o jugando a las cartas con ella. Así que fue una alegría que la señora Fforde anunciase visita.

–Iré con dos de mis nietos: Katie y James. Nos quedaremos un par de días antes de llevarlos a Londres a hacer las compras de Navidad. Lady Haleford los quiere mucho y quizá la alegre verlos. ¿Quieres pedirle a la señora Twichett que se ponga, Amabel? Te encargo que le digas a mi tía que iremos.

La noticia satisfizo a lady Haleford enormemente.

–Dos buenos niños –le dijo a Amabel–. Tendrán unos doce años. Son mellizos, ¿sabes? Hijos de una hermana de Oliver –cerró los ojos un instante y dijo luego–: Tiene dos hermanas menores, ambas casadas.

Llegaron dos días más tarde. Katie era delgada y rubia, con grandes ojos azules y una larga trenza rubia. James era más alto, serio y callado.

—Amabel, qué agradable volver a verte —saludó la señora Fforde con entusiasmo—. Te encuentro un poco pálida... Supongo que no saldrás lo suficiente. Aquí están Katie y James. ¿Por qué no te los llevas al jardín un rato mientras hablo un poco con lady Haleford? Abrígate bien —su mirada se detuvo con interés en Cyril, que repentinamente apareció entre los niños—. ¿Están contentos tus animales?

—Sí, muy felices.

—¿Y tú?

—Yo también, señora Fforde.

Aunque hacía frío, era un día despejado sin viento. Los niños y Amabel anduvieron por los senderos del jardín hablando de lo que harían en Navidad.

—Pasamos la Navidad en casa de la abuela —explicaron los niños—. Nuestros tíos y primos estarán allí, y tío Oliver. Nos lo pasamos fenomenal todos los años. ¿Y tú?, ¿irás a tu casa?

—Supongo que sí —dijo Amabel y antes de que le pudiesen hacer más preguntas, añadió—: La Navidad es divertida, ¿verdad?

Se quedaron dos días y a Amabel le dio pena despedirse de ellos, pero su breve visita había cansado a lady Haleford y rápidamente volvieron a su plácida rutina.

Amabel no pudo evitar el deseo de disfrutar de las navidades y se llevó una agradable sorpresa cuando lady Haleford le encargó que fuese a Berkhamstead de compras.

—Siéntate —le ordenó—, y apunta la lista.

La lista les llevó varios días de trabajo, porque lady Haleford solía quedarse dormida con frecuencia, pero finalmente Amabel tomó el autobús del pueblo con la lista y un fajo de billetes en el bolso.

Se divirtió haciendo las compras, aunque fuesen para otra persona. Como lady Haleford tenía una familia grande, la lista era larga: libros, rompecabezas y juegos para los más pequeños; para los mayores, albaricoques en brandy, una mezcla especial de café, botes de queso Stilton, una caja de vino, cajas de frutas confitadas y chocolates que hacían agua la boca.

Le sobraba una hora hasta que partiese el autobús, así que Amabel hizo sus propias compras. Ya era hora, pensó, de proveerse de artículos de perfumería, medias y un grueso jersey. Y luego regalos: una baraja para lady Haleford, un pañuelo de seda para la señora Twitchett, unos pendientes para Nelly, un collar nuevo para Cyril y un ratón de juguete para Oscar. Le costó encontrar un regalo para su madre; eligió una blusa de seda rosa y, como no podía dejarlo sin regalo, le compró un libro a su padrastro.

En el último momento vio un vestido, gris plata, de un tejido suave. El tipo de vestido que serviría para cualquier ocasión, se dijo. Después de todo, era Navidad. Lo compró, y cargada con paquetes, volvió a Aldbury.

La anciana quiso ver todo y, después de tomar una taza de té, Amabel pasó la siguiente hora desenvolviendo y envolviendo paquetes con cuidado. Lady Haleford le dijo que al día siguiente tendría que ir a la tienda del pueblo a comprar papel de regalo y etiquetas, para poner los nombres.

La tienda del pueblo era un tesoro de artículos navideños. Amabel pasó una alegre media hora eligiendo papel y cintas de colores y luego, de rodillas en el suelo para que lady Haleford la pudiese supervisar, se alegró de su experiencia en la tienda de Dolores. Más de una vez tuvieron que desenvolver algún paquete porque la vieja señora se dormía y luego no recordaba para quién era.

El doctor, que entró en la habitación sin que ninguna de las dos se diese cuenta, se quedó en el umbral mirándola por detrás. Incluso sin verle el rostro, se notaba que Amabel estaba nerviosa. La anciana abrió los ojos y lo vio.

—Oliver, qué placer. Amabel, he cambiado de opinión. Desenvuelve el Stilton y busca una caja en la que meterlo.

Amabel dejó el queso y miró por encima de su hombro. Oliver le sonrió y ella lo retribuyó con una radiante sonrisa, porque estaba feliz de volverlo a ver.

—¿Stilton? ¿Para quién es, tía? —preguntó el doctor, mirando la montaña de alegres paquetes—. Veo que has hecho tus compras navideñas.

—¿Te quedas a comer? —preguntó lady Haleford—. Amabel, ve a decírselo a la señora Twitchett —dijo, y cuando Amabel se fue, añadió—: Oliver, ¿quieres sacar a pasear a Amabel, por favor? Un paseo en coche… o a merendar, o a lo que sea. No sale nunca y nunca se queja.

—Desde luego. Uno de los motivos por los que venía era para invitarla a cenar algún día.

—Estupendo. La señora Twitchett me ha dicho que Amabel se ha comprado un vestido nuevo. Porque es Navidad, le dijo. Quizá no le pago suficiente…

–Tengo entendido que está ahorrando para poder estudiar algo.

–Sería una buena esposa... –dijo la anciana y se durmió nuevamente.

Después de comer, mientras paseaban a los perros y conversaban tranquilamente como dos viejos amigos, él la invitó a cenar. Pero ella se detuvo para elevar los ojos hasta los de él.

–Oh, sería estupendo, pero no puedo, ¿sabes? Tendría que dejar a lady Haleford sola toda la velada. Nelly se va a casa de su madre después de la cena y la señora Twitchett estaría sola.

–Ya veremos cómo lo solucionamos, si lo dejas en mis manos.

–Además –continuó Amabel–, tengo solo un vestido. Una tontería que cometí porque es Navidad.

–Ya que te lo pondrás cuando salgamos, no me parece que sea una tontería –dijo él suavemente–. ¿Es bonito?

–Gris pálido. Muy sencillo. No se pasará de moda en varios años.

–Me parece lo ideal para salir por la noche. Te vendré a buscar el sábado que viene. A las siete y media.

Volvieron y, al cabo de un rato, él se fue.

–El sábado –le recordó, inclinándose para darle un rápido beso en la mejilla. Tan rápido que ella no supo si eran imaginaciones suyas.

No la sorprendió en absoluto que lady Haleford no pusiese ninguna objeción a que saliese con el doctor. Además, una amiga de la señora Twitchett iría a pasar la velada con ella.

–Sal y diviértete –dijo la vieja señora–. Disfruta de la cena y baila un poco.

Así que cuando llegó el sábado, Amabel se puso su vestido gris y se afanó con el maquillaje y el cabello. El doctor la esperaba abajo.

Lady Haleford se había negado a irse a la cama pronto; la señora Twitchett la ayudaría, le dijo a Amabel, aunque esta tendría que pasar por su habitación al volver, en caso de que necesitase algo.

Amabel, con su vestido gris bajo el abrigo, saludó al doctor con seriedad. Dijo que estaba lista, le deseó las buenas noches a la señora, les dijo a Cyril y Oscar que se portasen bien y se sentó en el coche junto a Oliver.

Era una noche despejada y fría. Una luna brillante convertía todo en plata.

—No iremos demasiado lejos —dijo el doctor—. Hay un bonito hotel cerca. Podemos bailar si nos apetece.

Comenzó a hablar de una cosa y de otra, y Amabel, que se había sentido un poco cohibida, perdió su timidez y comenzó a divertirse. No sabía por qué se sentía de repente cohibida con él, después de todo, era su amigo, un viejo amigo.

Él había elegido con cuidado el hotel y era perfecto. El vestido gris, sencillo y sin pretensiones, pero con clase, iba perfectamente con el discreto lujo del restaurante. La comida estaba deliciosa. Amabel comió gambas, ensalada César y lenguado a la plancha con patatas paja. Luego, dulces navideños. El sitio estaba lleno y la gente bailaba. Cuando el doctor sugirió que bailasen, ella se puso de pie inmediatamente.

—Hace años que no bailo —se le ocurrió decir cuando llegaron a la pista.

—Ya era hora, entonces —dijo él, inclinando la cabeza para sonreírle.

Amabel bailaba muy bien y no se le había olvidado. Oliver se preguntó cuánto tardaría ella en darse
cuenta de que lo amaba. Estaba dispuesto a esperar,
¡pero ojalá no fuese demasiado!

La buena comida, el champán y el baile habían
transformado a una muchacha bastante sosa en alguien totalmente distinto. Cuando llegó el momento
de marcharse, Amabel, con las mejillas arreboladas
y los ojos brillantes, desinhibida por el champán, le
dijo que nunca lo había pasado tan bien en su vida.

—York parece una pesadilla –le dijo–. ¿Y si no me
hubieses encontrado? ¿Qué habría hecho? Eres mi
ángel de la guarda, Oliver.

—Bueno, ya te las habrías apañado sola –dijo el
doctor, que no tenía intención de ser su ángel de la
guarda, sino alguien mucho más interesante–. Eres
una chica muy sensata, Amabel.

De repente, todas las cosas que ella deseaba decir
se le secaron en la boca.

—He bebido demasiado –le dijo, y habló de los placeres de la velada hasta que llegaron a la casa de lady
Haleford.

Él entró con ella para encenderle las luces y ase-
gurase de que estuviese bien, pero no se quedó.
Amabel lo acompañó hasta la puerta, agradeciéndole
nuevamente la invitación.

—La recordaré siempre –dijo.

Oliver la rodeó con sus brazos y le dio un beso,
pero antes de que ella pudiese decir nada, se había
ido, cerrando la puerta silenciosamente tras de sí.

Amabel se quedó un largo rato pensando en el
beso, pero luego se quitó los zapatos y subió a su habitación. Todo estaba silencioso cuando se asomó a la

puerta del cuarto de lady Haleford, así que se desvistió y se preparó para dormir. Se estaba metiendo en la cama cuando oyó la campanilla de la anciana que la llamaba. Se puso una bata y fue a ver qué necesitaba.

Lady Haleford estaba completamente despierta y quería que le contara todo lo que había hecho.

—¿Dónde fuisteis y qué comisteis?

Así que Amabel ahogó un bostezo y se hizo un ovillo en un sillón junto a la cama para relatarle lo que había sucedido. Todo menos el beso, por supuesto.

—Te lo has pasado bien —dijo la anciana, complacida—. Fue idea mía, ¿sabes?, que Oliver te llevase a pasear. Es muy amable, ya sabes. Siempre dispuesto a hacer un favor. Y está tan ocupado, que estoy segura de que le habrá costado encontrar el momento —lanzó un suspiro de satisfacción—. Ahora, vete a la cama, Amabel, que mañana tenemos que acabar con los regalos de Navidad.

Amabel le ahuecó la almohada, le ofreció una bebida, redujo la luz de la mesilla y volvió a su habitación. Allí se metió en la cama y cerró los ojos, pero no se durmió.

Su hermosa velada había sido una farsa, un acto de caridad hecho por obligación por alguien que ella creía que era su amigo. Seguía siendo su amigo, se dijo Amabel, pero su amistad estaba mezclada con conmiseración. Finalmente se durmió con las mejillas húmedas por las lágrimas.

A la mañana siguiente, tuvo que repetir todo y escuchar los comentarios satisfechos de la anciana.

—Le dije a Oliver que te habías comprado un vestido...

Amabel deseó que la tierra la tragase. Encima de

que él había consentido en sacarla a pasear, probablemente pensaba que ella se lo había comprado con
la esperanza de que la invitase.

–Necesitaremos más papel –dijo rápidamente–.
Iré a comprar un poco.

En la tienda, rodeada de las mujeres del pueblo,
se sintió mejor. Era una tonta. ¿Qué importaba el
motivo que Oliver hubiese tenido para invitarla a salir? Había sido una bonita sorpresa y se había divertido. Además, ¿qué pretendía?

Volvió e hizo el resto de los paquetes mientras
contaba por tercera vez lo que había sucedido la noche anterior, ya que la anciana protestó que no le había contado nada.

La salida sería un agradable recuerdo y nada más.
Si volvía a ver al doctor, se ocuparía de indicarle
que, aunque seguían siendo amigos, ni pretendía ni
deseaba otra cosa.

Estaré un poco distante, reflexionó Amabel, y
dentro de algunas semanas me habré ido. Como era
una chica sensata, se puso a planear su futuro.

Aquello era una pérdida de tiempo, porque Oliver
lo estaba planeando por ella. Todavía le quedaban
varias semanas con su tía, tiempo suficiente para que
se pudiesen ver con frecuencia y permitir que
Amabel se diese cuenta por sí misma de que él estaba enamorado y quería casarse con ella. Tenía muchos amigos, seguro que alguno de ellos necesitaba
compañía o algo por el estilo, donde Oscar y Cyril
fuesen bienvenidos y donde él pudiese visitarla con
tanta frecuencia como fuese posible.

No era la única persona que pensaba en el futuro de Amabel. Miriam, decidida a casarse con él, veía en esa chica una seria amenaza.

Oliver, inmerso en su trabajo y pensando en Amabel, rechazó cortésmente varias de las invitaciones de Miriam y las sugerencias de salir alguna noche, sin pensar que Miriam quisiese nada más que su compañía de vez en cuando.

Pero estaba equivocado. Miriam se fue a Aldbury, aparcó el coche lejos del centro del pueblo y se dirigió a la iglesia, un edificio antiguo y hermoso. Alguien, supuso que el vicario, se acercó a preguntarle si podía ayudarla. Era un hombre mayor, agradable, deseoso de hablar con aquella encantadora dama que estaba tan interesada en el pueblo.

—Oh, sí —le dijo—. Hay varias familias antiguas que viven en el pueblo desde hace mucho tiempo.

—¿Y aquellas hermosas casas de tejados de paja? Hay una que es bastante más grande que el resto.

—Ah, sí. La casa de lady Haleford. Una familia muy antigua. Ella es muy mayor y ha estado enferma últimamente, pero gracias a Dios ya está de vuelta en su casa. Hay una joven encantadora que le hace compañía. Apenas la vemos, porque tiene poco tiempo libre, pero el sobrino de lady Haleford viene a visitar a su tía y los he visto a ambos paseando a los perros. Hace poco que ha estado aquí y, según me han dicho, ¡salió con ella una noche! Perdone que hable tanto, pero es que al vivir en un pueblo pequeño tenemos tendencia a interesarnos en la vida de los demás. ¿Está de paseo por esta parte del país?

—Sí, esta es una buena época del año para pasear en coche. Ha sido un placer hablar con usted, vicario

–dijo Miriam, y le estrechó la mano. Varias señoras la miraron desde la tienda del pueblo, sin perder detalle de su apariencia.

Se marchó rápidamente en el coche, pero pronto se detuvo a un lado del camino para pensar mejor. Estaba furiosa. No amaba a Oliver, pero deseaba lo que un matrimonio con él le daría: un marido guapo, dinero, una casa hermosa y la posición social que le proporcionarían su nombre y la profesión de su marido.

Dio un puñetazo de rabia al volante. Tenía que hacer algo pronto, pero ¿qué?

CAPÍTULO 8

POR MÁS tranquila que fuese la rutina de la casa de lady Haleford, al acercarse la Navidad comenzaron a aparecer visitas a saludar a la anciana y Amabel tuvo que utilizar todo su tacto para convencerlos de que se retirasen cuanto antes. Aun así, la anciana dio muestras de cansancio. Tanto, que hubo que llamar al médico.

Navidad o no, la paciente debía volver a la tranquilidad y paz totales, decretó el doctor, permitiendo sólo alguna visita ocasional.

—Lo dejo a su discreción, señorita Parsons —dijo—. Tampoco será bueno contradecirla demasiado. ¿Duerme bien?

—No —dijo Amabel—, aunque dormita bastante durante el día.

Así que Amabel recibía a la gente en el vestíbulo y, a menos que fuesen parientes o amigos muy íntimos, les decía que lady Haleford no estaba en condiciones de hacer vida social. Les ofrecía papel y pluma por si querían escribirle una nota y los contentaba con café y los dulces navideños de la señora Twitchett. Una tarea delicada, pero todos quedaron contentos.

Aunque la casa estaba tranquila, el pueblo se hallaba lleno de vida y luces, con coros de niños que recorrían las calles cantando villancicos. Y la señora Twitchett, además de asegurarse de que lady Haleford tuviese los delicados platos que apenas probaba, hacía comida más festiva adecuada a la época para ellas tres.

Amabel daba gracias a Dios por estar en aquella casa e intentaba no pensar en Oliver.

Después de repartir los habituales regalos navideños entre sus empleados y asegurarse de que Bates y su mujer tuviesen todo lo necesario para pasar una buena Navidad, el doctor Fforde llenó el maletero del coche con regalos para su familia y, acompañado por Tiger, se dispuso a marcharse a casa de su madre, en Glastonbury.

Le gustaba la idea del largo paseo en coche y, además, le causaba ilusión volver a ver a Amabel al visitar a su tía de camino.

Comenzaba a nevar, cuando partió, muy temprano por la mañana del día 24. Tiger, sentado junto a él, observaba con atención el tráfico. Les llevó bastante salir de Londres. El doctor condujo con paciencia pensando en Amabel, sabiendo que la vería al cabo de una hora aproximadamente.

Cuando llegaron, el pueblo estaba precioso, todo iluminado con sus luces navideñas y abetos adornados. Al final de la calle, vio la silueta de Amabel con Cyril. Tiger bajó corriendo del coche al oler a sus amigos y aunque al principio pareció que Amabel quería huir, luego se inclinó a acariciar al perro antes de dirigirse hacia el doctor. Él fue a su encuentro.

El gorro de lana y el abrigo de Amabel estaban blancos de nieve, y tenía las mejillas sonrojadas por el frío. Al doctor le pareció hermosa, aunque su saludo distante lo dejó perplejo.

—Hola —la saludó con alegría—. Voy de camino a pasar las navidades con la familia. ¿Cómo está mi tía?

—Un poco cansada —le dijo ella con seriedad—. Demasiadas visitas.

Se dirigieron a la casa.

—Querrás verla, ¿verdad? Estará terminando de desayunar —como él no respondió, el silencio se hizo un poco largo—. Supongo que habrás estado muy ocupado.

—Sí. Vuelvo a Londres el 26 —dijo él. Llegaban a la puerta de entrada cuando añadió—: ¿Qué pasa, Amabel?

—Nada —respondió ella, demasiado rápido—. No pasa nada —y al abrir la puerta dijo—: ¿Te importaría subir a ver a lady Haleford mientras seco a los perros y me arreglo un poco?

La señora Twitchett entró al hall y Amabel se fue. Oliver no se quedaría demasiado y ella no volvería a verlo antes de que se fuese...

Los perros se echaron delante del fuego y, cuando Nelly entró anunciando que el doctor tomaría una taza de café antes de salir, Amabel subió. Lady Haleford estaría lista para comenzar el lento proceso de vestirse.

—Vete —le dijo la anciana al verla entrar—. Ve a tomar un café con Oliver. Ya me vestiré más tarde —al ver que Amabel se mostraba reticente, insistió—. Venga, date prisa. Le querrás desear una feliz Navidad, ¿no?

Amabel bajó al salón tan lentamente como pudo. Oscar y los perros habían entrado allí cuando llevaron el café, y el doctor estaba sentado frente al fuego. Se levantó al verla entrar, acercó una silla a la suya y la invitó a que sirviese el café.

—Y ahora cuéntame qué pasa —le dijo con calma—. Porque algo pasa, ¿no? ¿No somos lo bastante amigos como para que me lo digas? ¿Es algo que he hecho?

—Pues sí —dijo ella tomando un sorbo de café—. Pero son tonterías mías, así que si no te importa, preferiría no hablar de ello.

El doctor tuvo que contenerse para no estrecharla entre sus brazos.

—Sí que me importa.

Ella dejó su taza sobre la mesita.

—Bueno, no era necesario que me llevaras a cenar porque lady Haleford te lo pidiese. Si lo hubiese sabido, no habría ido... —se atragantó de rabia—. Como darle un bizcocho a un perro...

Oliver reprimió una carcajada, no de diversión, sino de alivio y ternura. Si aquello era todo...

—Y no me compré el vestido porque esperara que me invitases a salir —prosiguió ella, que no había acabado. Lo miró a los ojos—. Eres mi amigo, Oliver y así es exactamente como te considero: como un amigo.

—Venía para invitarte a salir, Amabel —le dijo él con calma—. Nada de lo que mi tía dijera tuvo ninguna influencia. En lo que concierne a tu vestido nuevo, ni se me había ocurrido. Era un vestido bonito, pero tú estás guapa de cualquier manera —habría querido decirle muchas más cosas, pero aquel no era el momento adecuado–. ¿Seguimos siendo amigos, Amabel?

–Sí, claro que sí, Oliver. Siento haber sido tan tonta.

–Saldremos otra vez después de Navidad. Me parece que seguirás aquí un tiempo más.

–Me siento muy feliz aquí. Todos son tan amistosos en el pueblo y realmente no tengo nada que hacer.

–Dispones de muy poco tiempo para ti misma. ¿Tienes oportunidad de ver a alguien, de salir y conocer gente joven?

–Pues no, pero no me importa.

Al rato, él se levantó para irse. Seguía nevando y todavía le quedaba bastante camino. Tiger, con pocos deseos de partir, se acercó. Amabel se inclinó a acariciarlo.

–Vete con cuidado –le dijo al doctor–. Y espero que tú y tu familia tengáis una feliz Navidad.

Se quedó mirándola.

–¡El año que viene será diferente! –le dijo, y sacó un paquetito del bolsillo–. Feliz Navidad, Amabel –dijo, y la besó. No esperó a oír sus sorprendidas gracias.

Amabel, apretando en su mano la pequeña caja envuelta en alegres colores, miró al coche hasta que desapareció de la vista. Pensar que él volviese a visitarla de camino a Londres hizo que un dulce calorcillo le recorriese el cuerpo.

Esperó hasta la mañana de Navidad antes de abrir su regalo, sentada en la cama en la oscuridad. Contenía un broche, un lazo de oro y turquesas, una joya pequeñita que iría bien con su modesto vestuario.

Se levantó y se puso el vestido gris, prendiéndose el broche en el escote antes de ponerse el abrigo para ir a la iglesia. Aunque ya no nevaba, cubría el suelo una gruesa alfombra blanca y el día estaba oscuro y frío. Cuando acabó el servicio, Amabel saludó alegremente a los vecinos, deseándoles felicidades, y volvió a la casa a sacar a Cyril a dar un breve paseo antes de dejarlo al calor de la lumbre.

Lady Haleford, se había despertado de mal humor. No quiso desayunar, no quiso levantarse y dijo que se encontraba tan cansada que no quería mirar sus regalos.

–Léeme un rato –pidió, caprichosa.

Amabel se sentó entonces a leerle *Mujercitas*. Encontró el capítulo que describía la Navidad; los sencillos placeres de las cuatro niñas y su madre contrastaban con la vida muelle que siempre había llevado lady Haleford.

–Soy una mujer horrible –dijo al rato lady Haleford.

–Es usted una de las personas más buenas que conozco –dijo Amabel y, olvidando que era solo una empleada, se levantó y abrazó a la anciana con cariño.

Así que la Navidad fue Navidad después de todo. Abrieron sus regalos, comieron el pavo, el pastel de frutas y los dulces navideños, intercalados con breves siestas para descansar, y Amabel se fue a dormir temprano después de meter a la anciana en cama. No tenía nada más que hacer, pero no importaba. Oliver volvería a Londres al día siguiente y quizá pasaría a saludarlas otra vez...

Pero nevaba y el doctor no podía correr el riesgo

de no llegar a Londres por la nieve, así que no se detuvo en el pueblo.

El mal tiempo continuó malo hasta Año Nuevo, que amaneció soleado. Mientras Amabel paseaba a un reticente Cyril, se preguntó qué le depararía el año que comenzaba...

El doctor apenas se daba cuenta en qué día vivía, porque el nuevo año había llegado con su habitual carga de resfriados y anginas. Salía pronto y volvía tarde para cenar lo que Bates le pusiese por delante. Su cansancio y frustración aumentaban día a día, pero así era su vida y pronto, cuando las cosas se calmasen un poco, iría a ver a Amabel...

Cuando Miriam lo llamó diciéndole que había una nueva obra de teatro que quería ver, y sugiriendo que cenasen juntos después, no le dijo que estaba trabajando veinticuatro horas al día.

—Estoy muy ocupado, Miriam. Hay una epidemia de gripe...

—Ah, ¿de veras? No lo sabía. Habrá muchos residentes que puedan ocuparse de ello...

—No los suficientes.

—¡Entonces buscaré a alguien que quiera disfrutar de mi compañía! —exclamó ella en un arrebato de rabia.

—De acuerdo —dijo el doctor, distraído, leyendo uno de los informes que tenía sobre la mesa—. Espero que lo pases bien.

Cortó y con el teléfono en la mano, estuvo a punto de llamar a Amabel. Pero el teléfono era tan ingrato que mejor sería ir a verla en cuanto tuviese un momento. Olvidando la pila de historias clínicas que tenía frente a sí, se reclinó en la silla para pensar en Amabel con su vestido gris. Esperaba que ya lo adornase el lazo en el escote.

Miriam había colgado, pensativa. Si estaba tan ocupado, Oliver no tendría tiempo de ir a Aldbury. Miriam podía aprovechar para ir, hablar con la chica y convencerla de que él no estaba interesado en ella, de que su futuro y el del médico no tenían nada en común. Lo ideal sería que la tal Amabel saliese de la casa de lady Haleford, pero a Miriam no se le ocurría forma de lograrlo.

Esperó con impaciencia a que dejase de nevar, y un día despejado y frío partió armada con un ramo de flores. El reloj de la iglesia daba las once cuando se detuvo frente a la casa de lady Haleford. Nelly abrió la puerta, escuchando con paciencia la historia de la amistad de la madre de Miriam con la anciana antes de hacerla entrar y esperar.

–Ah, hola. Me recuerda, ¿verdad? Espero tener más suerte hoy. Mi madre me ha dado estas flores para lady Haleford –dijo Miriam al ver entrar a Amabel.

–Lady Haleford bajará dentro de unos minutos –dijo Amabel, preguntándose porqué aquella mujer le causaba una sensación de rechazo.

–¡Qué pesada es esa joven! Hace años que no veo a su madre –había dicho lady Haleford cuando Nelly mencionó el nombre de Miriam–. Pero bajaré de todas formas.

Cuando lo hizo, diez minutos más tarde, Miriam le dio las flores y le preguntó con aparente preocupación por su salud, enviándole recuerdos de su madre.

–Iré a dormir la siesta –dijo la anciana, que normalmente tenía unas maneras impecables, interrumpiendo su cháchara–. Amabel, ponte el abrigo y lleva a la señora Potter-Stokes a dar una vuelta por el pueblo y la iglesia si le interesa. La señora Twitchett os dará un café dentro de media hora. Me despido ahora. Por favor, agradezca a su madre las flores.

–Lady Haleford ha estado muy enferma y se cansa fácilmente –disculpó Amabel a la anciana al ver lo ofendida que estaba Miriam–. ¿Le gustaría ver la iglesia?

–No –dijo Miriam con brusquedad. Luego, recordando el motivo de su visita, añadió con una sonrisa–: Pero quizá podríamos dar una vuelta por el campo. Está tan bonito hoy...

Amabel, que intentaba dar datos del pueblo y de la gente que vivía en él, pronto se dio cuenta de que su acompañante no estaba interesada en el paseo.

A pesar de su enfado, Miriam sabía que aquella era su oportunidad y buscaba la forma de abordar el tema. Pisó un charco y el agua le salpicó los zapatos, las medias y el bajo de su largo abrigo.

–Caramba, mire lo que me ha sucedido. Me temo que no soy de campo. Por suerte vivo en Londres y lo seguiré haciendo. Me caso pronto y Oliver vive y trabaja allí...

–¿Oliver? –preguntó Amabel con recelo.

–Bonito nombre, ¿verdad? Es médico, siempre terriblemente ocupado, aunque logramos estar bastante tiempo juntos. Tiene una casa hermosa. Me hace ilusión vivir allí –giró la cabeza para sonreírle a Amabel–. Es tan bueno..., muy amable y considerado. Todos sus pacientes lo adoran. Y siempre está dispuesto a ayudar a aquellos que tienen problemas. Hay una pobre chica que ha rescatado últimamente. Ha hecho todo lo posible por encontrarle un trabajo. Espero que ella le esté agradecida. Ella no tiene ni idea de dónde vive él, por supuesto. Lo que quiero decir es que no es el tipo de persona que uno desearía tener como amiga. Y, claro, supongo que ella no será tan tonta de pretender algo más, ¿no le parece?

—No creo que sea posible —se apresuró a decir Amabel—. Pero estoy segura de que le estará agradecida.

—Yo creo que sí —dijo Miriam y enlazó su brazo con el de Amabel—. Y si ella vuelve a recurrir a él por cualquier motivo, hablaré con ella. No dejaré que se aprovechen de él. Solo el cielo sabe la cantidad de gente a la cual Oliver habrá ayudado sin decírmelo. En cuanto me case, las cosas cambiarán, se lo aseguro —afirmó, asintiendo con la cabeza y sonriendo a Amabel. Notó con satisfacción la palidez de la joven.

—¿Podemos volver? —le dijo esta—. Me muero por una taza de café.

Mientras tomaban el café, Miriam tuvo mucho que decir de la próxima boda.

—Por supuesto, Oliver y yo tenemos muchos amigos... y él es una persona conocida en el mundo de la medicina. Iré de blanco, por supuesto... —dijo, dando rienda suelta a su imaginación.

Cuando finalmente se marchó, Amabel agradeció que lady Haleford siguiese durmiendo. No tenía deseos de repetir la conversación que había tenido.

Además, la vida privada de Oliver no era asunto suyo. Miriam no le gustaba, pero ni se le pasó por la cabeza que pudiese estar mintiendo.

De momento, no había ninguna posibilidad de ir a ver a Amabel. La epidemia de gripe se había extendido de forma alarmante. El doctor trató a sus pacientes sin cansancio aparente, durmiendo cuando podía, sacando fuerzas del incondicional Bates y de la excelente comida de su esposa. Pero no olvidaba a Amabel y de vez en cuando se permitía pensar en ella, deseando también que ella pensase en él.

Con Miriam no tuvo ningún contacto; ella se había ido a la finca de unos amigos, donde había menos riesgo de contagiarse de la gripe. Lo llamaba por teléfono y le dejaba mensajes perfectamente calculados para hacerle saber que estaba preocupada por él, contenta de esperar ahora que había sembrado la semilla de la duda en la mente de Amabel, que era tan tonta que se creería todo lo que le había dicho. La pobrecilla estaba perdidamente enamorada, y ni lo sabía.

Si lady Haleford no hubiese estado tan irritable los días después de la visita de Miriam, Amabel le habría mencionado la boda, pero pasó bastante tiempo de angustia hasta una noche, a las dos de la madrugada, en que lady Haleford se encontraba totalmente despierta y con deseo de conversar.

—Ya es hora de que Oliver siente cabeza —dijo la anciana—. Dios quiera que no se case con la Potter-

Stokes esa. No la puedo soportar. No se puede negar que es bonita y ambiciosa. Lo harían lord enseguida si se casase con él, porque ella está muy bien relacionada. Pero se convertiría en un amargado.

Amabel, hecha un ovillo en la silla junto a la dama, murmuró algo para calmarla. Desde luego que aquel no era momento para contarle lo que sabía.

Lady Haleford dormitó y Amabel pudo concentrarse en sus pensamientos. Eran tristes, porque coincidía con la anciana en que Miriam no era la mujer adecuada para Oliver. «Necesita alguien que lo quiera», reflexionó Amabel y se sobresaltó al darse cuenta de que pensaba en sí misma.

Una vez superada su sorpresa, se permitió fantasear un poco. No tenía ni idea de dónde vivía Oliver ni de cómo era su trabajo, pero lo querría y cuidaría, y se ocuparía de su casa; luego vendrían los niños...

—Me apetece un poco de leche caliente —dijo lady Haleford—. Y será mejor que te vayas a dormir, Amabel. Tienes cara de agotada.

Mientras esperaba que se calentase la leche, Amabel se dio cuenta de que llevaba mucho tiempo enamorada de Oliver, que lo había aceptado en su vida como el aire que respiraba. Pero no había nada que hacer: Miriam había dejado muy claro que él no tenía intención de volverla a ver. Si el doctor iba a visitar a su tía, pensó, vertiendo la leche en la taza favorita de lady Haleford, haría todo lo posible por no cruzarse con él y, de hacerlo, se comportaría de forma amable y distante, indicándole que se había dado por aludida.

Dos días más tarde, al salir de la iglesia, Amabel vio el coche de Oliver aparcado frente a la casa. Se detuvo en el porche, intentando pensar en cómo escaparse. Si volvía a entrar en la iglesia, podría salir por la puerta lateral y esperar a que él se fuese...

Sintió el peso de un brazo sobre sus hombros.

—No me esperabas, ¿verdad? —dijo el doctor alegremente—. He venido a comer.

—Lady Haleford se alegrará de verte —dijo Amabel cuando recobró la voz. El corazón le iba a explotar en el pecho.

Oliver la miró y se dio cuenta de que algo malo sucedía.

—He recibido órdenes de dar un paseo contigo antes de comer. ¿Vamos?

Amabel pensó que lo más hermoso que le podía suceder en la vida era estar junto a él. ¿No podría relegar su decisión hasta que él se fuese? Intentaría recordar que eran solo amigos.

—¿Dónde está Tiger? —preguntó.

—Lo están malcriando en la cocina. Espera un segundo. Iré a buscarlos a él y a Cyril.

Pronto volvió con los perros y, tomándola del brazo, comenzó a andar a paso ligero con ella.

—¿Estás muy ocupado? —preguntó ella, consciente del contacto de su brazo.

—Terrible. ¿No hay gripe por aquí?

—Uno o dos casos. ¿Has visto a lady Haleford? Me parece que está un poco mejor. Cuando llegue la primavera podré sacarla a pasear en el coche de vez en cuando. Y tiene deseos de salir al jardín también.

—Me parece que seguirás aquí unas semanas más. ¿Querrías marcharte, Amabel?

—No, por supuesto que no. A menos que lady Haleford quiera que me vaya...

—Es de lo más improbable. ¿Has pensado en el futuro?

—Sí, mucho. Ya sé lo que quiero hacer: aprender a usar un ordenador. Hay un sitio en Manchester, he visto el anuncio en el periódico –añadió, para que pareciese más convincente–. He ahorrado dinero, así que puedo buscarme un sitio dónde vivir.

El doctor se dio cuenta de que ella estaba improvisando, pero no lo dijo. Llevaban caminando a paso ligero un rato y pasaron la última de las casas del sendero. El doctor se detuvo y la hizo girarse para mirarla de frente.

—Amabel, hay tanto que quisiera decirte...

—No –dijo ella–, ahora no. Y tampoco luego. Lo comprendo, pero no quiero saberlo. ¿No te das cuenta? Somos amigos y espero que siempre lo seamos, pero cuando me marche lo más seguro es que no nos volvamos a ver nunca.

—¿Qué te hace pensar que no nos volveremos a ver nunca más?

—No resultaría –dijo Amabel–. Y ahora, por favor, no hablemos más del tema.

—Muy bien –asintió él con la cabeza; había una expresión helada en sus ojos azules–. Será mejor que volvamos o la señora Twitchett dirá que se le ha pasado la comida.

El doctor siguió conversando amigablemente hasta que llegaron a la casa. Bajo pretexto de ver si lady Haleford necesitaba algo, Amabel escapó escaleras arriba. El aire fresco le había arrebolado agradablemente el rostro, pero seguía siendo anodina, pensó al mirarse en el espejo y pasarse el peine.

Mientras comían, lady Haleford, encantada con la compañía de Oliver, le hizo miles de preguntas.

—¿Qué tal estás, Oliver? Sé que estás muy ocupado, pero tendrás algún tipo de vida social, ¿no?

—No mucha. He estado hasta arriba de trabajo.

—Ha venido de visita la Potter-Stokes, me ha traído flores de parte de su madre. Dios sabrá por qué, apenas la conozco. Con diez minutos de su cháchara quedé en cama, así que la mandé a dar un paseo con Amabel...

—¿Miriam ha venido aquí? —preguntó Oliver lentamente y miró a Amabel, sentada frente a él.

Ella pinchó un trozo de pollo y le lanzó una rápida mirada.

—Es muy hermosa, ¿no? Dimos un paseo y tomamos una taza de café. No pudo quedarse demasiado, estaba de paso. Conducía un deportivo rojo... —dijo, y se interrumpió al darse cuenta de que estaba parloteando como un loro. Se metió el pollo en la boca y masticó; le supo a cartón.

—Sí, es muy hermosa —estuvo de acuerdo el doctor, mirándola fijamente un momento antes de dirigirse a su tía—: No te canses con las visitas, tía.

—Desde luego que no. Además, aunque Amabel parece un ratoncito, me defiende como un dragón. ¡Bendita sea! No sé lo que haría sin ella —dijo, añadiendo luego—: Pero seguro que se irá pronto.

—No lo haré hasta que usted no quiera —dijo la aludida—. Y para entonces, se sentirá tan bien, que no me necesitará más —le sonrió a la anciana, añadiendo–: La señora Twitchett ha hecho su postre favorito. ¡Esa sí que es una persona imprescindible en esta casa!

–Lleva años conmigo. Oliver, la señora Bates es una cocinera espléndida, ¿no? ¿Y Bates?, ¿sigue llevándote la casa?

–Es mi mano derecha –dijo el doctor–. En cuanto te encuentres mejor, te llevaré a la ciudad para que pruebes su comida.

Lady Haleford necesitaba su siesta.

–¿Te quedas a merendar? –rogó–. Hazle compañía a Amabel. Estoy segura de que tendréis mucho de lo que hablar.

–Lo siento, pero tengo que irme –dijo él, mirando su reloj–. Me despediré ahora.

Cuando Amabel volvió a bajar, ya se había ido. Era lógico, se dijo, aunque le hubiese gustado decirle adiós, explicarle... Pero cómo explicaba una que se había enamorado de alguien que estaba comprometido con otra persona. No tenía sentido volverse a ver. Y además, había perdido a un amigo.

–Qué pena que Oliver se marchase tan pronto –comentó más tarde lady Haleford, mucho más descansada después de su siesta. Le lanzó una rápida mirada a Amabel–. Trae las cartas, nos ayudarán a pensar en otra cosa.

Varios días después de la visita de Oliver, Amabel, que se hallaba en la cocina, recibió una llamada telefónica.

–¿Amabel? –dijo su padrastro, que parecía muy alterado–. Oye, tienes que venir a casa inmediatamente. Tu madre está enferma. Ha estado en el hospital y ahora que la han mandado a casa no hay nadie que la cuide.

—¿Qué pasa? ¿Porqué no me avisaste que estaba enferma?

—Solo era una neumonía. Pensaba que seguiría internada hasta que se recuperase del todo, pero aquí está, en cama la mayoría del tiempo. Bastante tengo yo que hacer sin tener que cuidarla a ella.

—¿No tenéis ayuda?

—Hay una mujer que viene a limpiar y cocinar. No me digas que contrate a una enfermera; es tu obligación venir a casa y ocuparte de tu madre. Y no quiero ninguna excusa. Eres su hija, recuerda.

—Iré en cuanto pueda —dijo Amabel, y colgó.

La señora Twitchett se dio cuenta de lo pálida que se había puesto.

—¿Pasa algo malo? Mejor dínoslo.

Fue un gran alivio tener alguien a quien contárselo. La señora Twitchett y Nelly la escucharon desahogarse.

—Tienes que ir, ¿verdad, cielo? —dijo Nelly, mirando a Cyril y Oscar, echados frente a la cocina de leña—. ¿Te los llevarás contigo?

—Oh, Nelly, no puedo. Él quería sacrificarlos a los dos, por eso me marché de casa —dijo Amabel, enjugándose las lágrimas—. Tendré que llevarlos a algún sitio donde me los cuiden.

—No es necesario —dijo la señora Twitchett con cariño—. Se quedarán aquí hasta que soluciones el problema. Lady Haleford los quiere a los dos y Nelly se ocupará de sacar a pasear a Cyril. Anda, ve a decirle a la señora lo que sucede.

—Desde luego que tienes que ir a tu casa inmediatamente —dijo lady Haleford, que tomaba su primera taza de té sentada en la cama—. Y no te preocupes por Cyril y Oscar. Cuando tu madre se reponga, te esperamos aquí. ¿Querrá que vuelvas con ella para siempre?

—No lo creo —dijo Amabel, negando con la cabeza—. Mi padrastro no me quiere, ¿sabe?

—Entonces vete a hacer la maleta y ocuparte de tu viaje.

CAPÍTULO 9

EL DOCTOR había vuelto en el coche a Londres concentrado en sus pensamientos. Estaba claro que Miriam le había dicho algo a Amabel que era la causa de su distanciamiento. Pero mientras daban el paseo, Amabel no le había parecido distante. La única forma de averiguarlo era ver a Miriam. Probablemente había dicho algo en broma y Amabel lo había malinterpretado...

La noche siguiente fue a su casa y se la encontró con un grupo de amigos.

—Quiero hablar contigo, Miriam —le dijo cuando ella lo recibió.

—Ay, imposible, Oliver —dijo ella, mirando su rostro inexpresivo y los ojos fríos—. Estamos por salir.

—Puedes reunirte con tus amigos más tarde. Ya es hora de que tengamos una charla, Miriam; y ¿qué mejor momento que este?

—Bueno, de acuerdo —dijo ella, haciendo un mohín para luego sonreír, zalamera—. Comenzaba a pensar que me habías olvidado.

Pronto, cuando todos se hubieron ido, ella se sentó en el sofá y dio una palmadita a su lado.

—Qué bien, los dos solos.

El doctor se sentó en una silla frente a ella.

—Miriam, hemos salido juntos, nos hemos visto

en casas de amigos, ido al teatro…, pero creo que te he dejado claro que no había más que eso, una amistad –le dijo y preguntó abruptamente–: ¿Qué le has dicho a Amabel?

La belleza desapareció del rostro de Miriam.

–¡Conque es eso, te has enamorado de esa sosa! Me lo imaginé hace semanas, cuando Dolores te vio en York. La insípida esa y sus estúpidos animales. Pues da igual, porque te he arruinado el plan: le he dicho que estabas a punto de casarte conmigo, que la habías ayudado por compasión y que cuanto antes desapareciese de tu vida, mejor…

Se interrumpió al ver la frialdad del rostro masculino.

–Oliver, no te vayas –le dijo cuando él se puso de pie–. No es la esposa adecuada para ti. Necesitas alguien como yo, que esté bien relacionada, reciba a la gente adecuada, se vista bien…

–Lo que necesito es un esposa que me ame y a quien yo ame –le respondió. Se dirigió a la puerta y se marchó.

Era una pena que tuviese la agenda tan abarrotada de pacientes los próximos días, pensó, deseando ver a Amabel. Sintió deseos de llamarla por teléfono, pero sabía que no sería suficiente. Además, deseaba ver su rostro cuando hablase con ella.

Volvió a su casa, fue a su despacho y comenzó a estudiar la pila de casos que tenía sobre la mesa tras apartar con firmeza a Amabel de su mente.

Lady Haleford llamó a la señora Twitchett a su dormitorio para preguntarle cómo iría Amabel a su casa.

—¿Dónde vive? ¿No me dijo alguien que venía de York?

—Sí, señora, tiene una tía allí. Se marchó de su casa cuando la madre se volvió a casar: el padrastro no la quiere. Viven en algún sitio de Castle Cary; tendrá que tomar el tren y luego un taxi o un autobús, si lo hay —dijo la señora Twitchett. Luego preguntó, titubeante—: Ah, señora, ¿podríamos quedarnos con Oscar y Cyril mientras ella está fuera? Como su padrastro no los quiere... los iba a sacrificar, por eso se marchó ella de su casa.

—Pobrecita. Ocúpese de que William, el del garaje del pueblo, la lleve a su casa. Ya le he dicho que desde luego que los animales pueden quedarse.

Así que el taxi del pueblo llevó a Amabel a su casa, lo cual fue un alivio, porque de lo contrario el viaje le habría resultado terriblemente largo y tedioso. Además, no tenía tiempo de organizarlo.

Al final de la tarde, William se detuvo frente a su casa.

Varias ventanas estaban iluminadas y Amabel vio un gran invernadero a un lado de la casa. Al bajarse del coche, vio otro más allá, donde antes estaba el huerto de manzanos.

La puerta delantera se abrió al empujarla y al entrar al vestíbulo, vio a su padrastro salir de la cocina.

—Ya era hora —dijo él con brusquedad—. Tu madre se encuentra en el salón, esperando que la lleven a la cama.

—Este es William, que me ha traído aquí en su taxi —dijo Amabel—. Se vuelve a Aldbury, pero le gustaría tomar una taza de té antes.

—No tengo tiempo para hacer té...

–Si es tan amable de venir conmigo a la cocina, se lo prepararé –le dijo Amabel a William–. Iré a ver a mi madre primero.

Su madre levantó la vista cuando ella entró en el salón.

–Qué bien volver a verte, Amabel, y tenerte para que me cuides –dijo, poniendo la mejilla para que Amabel se la besase–. Keith está dispuesto a dejar el agua correr y permitirte que vivas aquí...

–Mamá, tengo que darle una taza de té al taxista. Enseguida vuelvo y hablaremos un poco.

Su padrastro había desaparecido. William esperaba pacientemente.

–No ha sido una bienvenida agradable, señorita.

Amabel calentó la tetera.

–Bueno, todo ha sido muy repentino. ¿Quiere un sándwich?

William se fue pronto, reconfortado por el té y los sándwiches, y la propina que aceptó reticentemente. Amabel volvió al salón.

–Cuéntame qué te ha sucedido, mamá.

–Neumonía, cariño. Y me interné porque Keith no podía apañárselas solo.

–¿No tienes ayuda?

–Sí, sí, por supuesto. La señora Twist ha estado viniendo a diario para ocuparse de la casa y cocinar un poco, y el hospital dijo que una enfermera vendría todos los días una vez que me encontrase en casa. Estuvo una o dos veces, pero Keith y ella tuvieron un altercado y él le dijo que tú vendrías a cuidarme. No es que necesite demasiados cuidados. De hecho, le ha dicho a la señora Twist que no es necesario que venga más, ahora que tú has vuelto.

–Mi padrastro me dijo que no había nadie que te cuidase, que no tenía ayuda...

–Ya sabes cómo son los hombres –dijo su madre, restándole importancia–. Y le parece absurdo pagar a una enfermera y a la señora Twist cuando te tenemos a ti...

–Mamá, me parece que no comprendes. Yo tengo un empleo. He venido porque pensaba que no tenías a nadie que te cuidase. Me quedaré hasta que te recuperes, pero tienes que decirle a la señora Twist que vuelva y tener el teléfono de una enfermera por si acaso. Me gustaría regresar a Aldbury cuanto antes. Ya sabes que no le caigo bien a Keith. Pero tú estás feliz con él, ¿no?

–Sí. Y no comprendo cómo no os podéis llevar mejor. Pero ya que estás aquí, al menos puedes cuidarme un poco. Todavía estoy muy débil, tomo el desayuno en la cama y luego paso el día aquí junto a la chimenea. Tengo poco apetito, pero tú siempre has sido una buena cocinera. A Keith le gusta desayunar pronto, así que tendrás todo el día para ocuparte de la casa –dijo, añadiendo con complacencia–: A Keith le está yendo muy bien y, ahora que no tendrá que pagar a la señora Twist y a esa enfermera, se podrá ahorrar el dinero....

Amabel se sentó en su fría habitación con la cama sin hacer e intentó aclarar sus pensamientos. No se quedaría ni un día más de los necesarios para volver a contratar a la señora Twist, ver al doctor y concertar que una enfermera visitase a su madre, dijese lo que dijese Keith. Quería a su madre, pero se daba cuenta de que solo la habían llamado para aprovecharse de ella.

Hizo la cama, deshizo la maleta y bajó a la cocina. Al menos había abundante comida en la nevera y no necesitaría ir a la compra.

A su madre le apetecía una tortilla francesa.

—Pero a Keith habrá que hacerle otra cosa. Hay filetes y podrías guisar unas patatas y unos puerros. No habrá tiempo para preparar un postre, pero hay queso y bizcochos...

—¿Has estado cocinando, mamá?

—Pues Keith no sabe cocinar —dijo su madre, inquieta—, y la señora Twist no estaba. Ahora que estás aquí, no necesito hacer nada.

A la mañana siguiente, Amabel fue a la consulta del médico.

—¿Ha estado muy enferma?

—No, no. La neumonía es una enfermedad peligrosa, pero si se ataja a tiempo, una persona sana como tu madre se recupera enseguida.

—Lo que yo entendí por teléfono fue que mi madre estaba muy enferma y no tenía ayuda —suspiró—. Vine lo más rápido posible, pero tengo un empleo...

—Yo no me preocuparía demasiado. Supongo que un par de días permitirán que tu madre se recupere del todo. Tiene quien la ayude, ¿verdad?

—Mi padrastro despidió a la señora Twist...

—¡Qué pena! Tendrá que pedirle que vuelva. Supongo que no será demasiado difícil convencer al señor Graham de que cambie de opinión.

Justamente fue eso lo que hizo aquella misma tarde.

—Y comprende, por favor, que tengo que volver a mi trabajo a finales de semana. El doctor me ha dicho que mamá se encontrará bien para entonces.

—¡Eres una hija desnaturalizada! —dijo Keith

Graham, con la cara roja de rabia–. Es tu obligación quedarte aquí...

–No había ninguna necesidad de hacerme venir. Quiero a mi madre, pero tú sabes tan bien como yo que odias mi presencia. No se me ocurre el motivo por el que me pediste que vinieras.

–¿Por qué iba a pagarle a una mujer para que hiciese las labores cuando tengo una hijastra que puede hacerlo gratis?

Amabel se puso de pie. Si hubiese tenido algo a mano, se lo habría tirado a la cabeza, pero como no lo había, se remitió limitó a decir:

–Me iré el fin de semana próximo.

Pero todavía le quedaban varios días por delante, y aunque su madre consintió en estar más activa, había mucho que hacer: la cocina, las chimeneas que había que limpiar y encender, el carbón que había que sacar del cobertizo, las camas, y mantener la casa ordenada y limpia. Su padrastro no hacía nada en casa, entraba solo a comer y se sentaba junto al fuego con su periódico si no estaba fuera trabajando. Amabel no dijo nada, porque pronto llegaría el momento de irse.

El último día madrugó, hizo la maleta y bajó a preparar el desayuno que exigía su padrastro. Él entró a la cocina cuando ella le servía los huevos con beicon.

–Tu madre no se encuentra bien –le dijo–. No ha dormido en toda la noche. Y yo tampoco. Será mejor que vayas a verla.

–¿A qué hora viene la señora Twist?

–No viene. No he tenido tiempo de ocuparme de ello.

Amabel subió y se encontró a su madre en la cama.

—No me siento bien, Amabel. Me duele el pecho y tengo dolor de cabeza. No puedes marcharte.

Gimió y Amabel la hizo sentarse con cariño contra las almohadas.

—Te traeré una taza de té, mamá y llamaré al médico.

Bajó a llamar y dejar un mensaje en la consulta.

—¡No es necesario que lo llames! —dijo enfadado su padrastro—. Lo único que necesita tu madre es unos días en cama. Te puedes quedar un poco más.

—Me quedaré hasta que llames a la señora Twist. Hoy, si es posible.

Su madre no quería desayunar, así que Amabel la acompañó hasta el cuarto de baño, le hizo la cama y ordenó la habitación y volvió a bajar para cancelar el taxi que había concertado. No tenía más alternativa que quedarse hasta que la visitase el doctor y llamasen a la señora Twist.

—No tiene nada —dijo el doctor, después de revisar a su madre—. Se ha puesto así porque tú te vas. Creo que tendrías que quedarte un par de días. ¿Ha hablado el señor Graham con la señora Twist?

—No. Será mejor que me ocupe yo. ¿Le parece que mi madre tendrá una recaída?

—Por lo que puedo ver, se ha recuperado totalmente. Lo que pasa es que tiene miedo de que le suceda nuevamente y no quiere que te vayas. ¿Puedes quedarte unos días más?

—Por supuesto. Estaré aquí hasta que ella se encuentre mejor —dijo, sonriéndole—. Gracias por venir, doctor.

Amabel volvió a deshacer la maleta, le aseguró a su madre que se quedaría hasta que la señora Twist fuese a ayudarla y fue a ver a la mujer.

—Lamento no poder empezar enseguida, pero mi madre viene a quedarse una semana. Cuando se vuelva a su casa, iré a ayudar a casa de tu madre, igual que antes. ¿Vas a estar mucho?

—Tenía intención de volver a mi trabajo esta mañana, pero mi madre me ha pedido que me quede hasta que pudiésemos arreglar las cosas con usted —dijo, sin poder evitar añadir—: Vendrá, ¿verdad?

—Desde luego, cariño. Y una semana se pasa volando. Me alegro de que puedas charlar un poco con tu madre.

Amabel asintió, pensando qué bonito habría sido. Cuando tenía un segundo para sentarse, era su madre la que hablaba: de lo bueno que era Keith con ella, la ropa que se había comprado, las vacaciones que pensaban tomarse antes de que comenzase el trabajo pesado de primavera, lo feliz que era..., pero nunca le preguntaba nada a Amabel.

—Supongo que tendrás un buen trabajo, cariño. Algún día me tienes que contar qué haces. Como te iba diciendo...

Los días se eternizaban. Le había escrito una nota a lady Haleford diciéndole que volvería cuando consiguiese ayuda. Como su madre ya se encontraba bien, solo restaba esperar a que la señora Twist estuviese libre.

—No es necesario que haga nada mientras tú estás aquí —había dicho medio en broma.

***

Amabel llevaba casi dos semanas con su madre cuando el doctor logró finalmente encontrar el momento para ir a Aldbury.

—Pero has venido a ver a Amabel, ¿verdad? –le dijo su tía, recibiéndolo con placer–. Pues no está aquí. Ha tenido que irse a casa a cuidar a su madre, que se encontraba enferma. Pensaba irse por una semana, pero he recibido una carta en la que me dice que tendrá que quedarse una semana más. No sé por qué no ha telefoneado. La señora Twitchett la llamó y se puso un hombre al teléfono. Fue muy brusco y le dijo que Amabel estaba ocupada.

Ya era tarde y el doctor tenía consulta por la mañana, una operación por la tarde y pacientes que visitar. Deseaba subirse al coche e ir a ver a Amabel, pero era imposible. Tendría que esperar dos días más.

Pensó en llamarla, pero eso podría empeorar las cosas y además podía hacer otra cosa. Volvió a su casa, se sentó ante su mesa y tomó el teléfono. Iba a averiguar qué sucedía.

El médico de la señora Graham fue muy solícito. No había motivo por el que Amabel tuviese quedarse, a él le parecía que solo era una excusa para hacerla volver.

—¿Algo más? –se ofreció.

—No, no, gracias. Quería saber si su madre la necesitaba.

El doctor volvió a llamar por teléfono y oyó la voz firme de la señorita Parsons del otro lado.

—Tenía esperanzas de que ya hubiese vuelto –le dijo. Habló con ella un rato y finalmente colgó para ir en busca de Bates. Después de aquello, tenía que armarse de paciencia hasta que pudiera ir a ver a Amabel.

Partió dos días más tarde, por la mañana temprano, con Tiger a su lado y Bates despidiéndolo en la puerta.

La vida iba a ser muy interesante, pensó Bates al verlo ir en busca de su futura esposa.

Una vez fuera de Londres, Oliver aceleró. Esperaba haber pensado en todo. Iban a suceder muchas cosas en las siguientes horas y no tenía que fallar nada.

Llovía cuando llegó a la casa y ahora que el huerto de manzanos había desaparecido, la casa parecía desnuda y solitaria. Los invernaderos se veían extraños. Condujo hasta el costado de la casa, sacó a Tiger del coche, abrió la puerta de la cocina y entró.

Amabel se encontraba frente al fregadero pelando patatas. Llevaba un delantal enorme y el cabello le caía en una trenza sobre el hombro. Estaba pálida y cansada, con aspecto triste.

No era momento de dar explicaciones. El doctor se dirigió al fregadero, le quitó el cuchillo y la patata que pelaba, y la abrazó. No habló, no la besó, solo la estrechó entre sus brazos. En eso, entró el señor Graham.

–¿Qué quiere? –preguntó el padrastro de malos modos.

–Vete a hacer la maleta y ponerte el abrigo –le dijo el doctor a Amabel. Algo en su voz hizo que ella se separase un poco de él para elevar su mirada al rostro masculino. Él le sonrió–. Corre, mi amor –le dijo, dándole un suave empujoncito.

Ella subió y lo único que podía pensar era en que él la había llamado «mi amor». Tendría que haberlo hecho pasar al salón a ver a su madre, pero en vez de eso, sacó la maleta del armario y la llenó. Luego tomó el abrigo y bajó.

El doctor la había visto irse. Luego se dio la vuelta para enfrentarse al señor Graham.

—No sé qué ha venido usted a hacer aquí —le espetó este.

—Yo se lo diré —dijo Oliver sin alterarse—, y cuando acabe, quizá me pueda acompañar adonde está la madre de Amabel.

La mujer levantó la vista sorprendida cuando entraron al salón.

—Ha venido a llevarse a Amabel —dijo el señor Graham, mirando con odio a Oliver—. No sé adónde vamos a parar; te arrancan a tu hija de tu lado cuando te encuentras tan mal.

—Su doctor me ha dicho que usted se encuentra totalmente recuperada, señora Graham, y tengo entendido que ya dispone de alguien que la venga a ayudar.

—Estoy muy triste —comenzó la señora Graham. Lanzándole una mirada, se dio cuenta que las lágrimas no tendrían ningún efecto sobre él—. Después de todo, una hija tiene que cuidar a su madre...

—¿Y hacer las labores y la cocina? —por el aspecto que tenía, Amabel había estado haciendo mucho más que aquello.

—¿Quién se ocupará de todo cuando ella se vaya? —se lamentó la mujer.

—Tendría que sentirse agradecida de tener un hogar —dijo Keith.

—Señor Graham —le dijo con frialdad el doctor—, me está sacando de mis casillas. Estoy seguro de que encontrarán ayuda adecuada en el pueblo —se dio la

vuelta cuando Amabel entró en el salón–. Ya está
todo arreglado –le dijo–, si quieres despedirte, nos
vamos.

–Sí, Oliver –dijo Amabel obedientemente, aunque supuso que pronto recobraría su sentido común
y haría un par de preguntas sensatas, incluso pediría
una explicación por todo lo inesperado que sucedía.
Le dio un beso a su madre y un frío saludo a su padrastro, añadiendo luego, envalentonada–: A ti te podría decir muchas cosas, pero no lo haré. Oliver...

–Hablemos en el camino –le dijo él plácidamente, abriéndole la puerta del coche e instalándola a
ella delante y a Tiger detrás. Enseguida añadió–:
Llegaremos a casa a tiempo para cenar. Pararemos
en Aldbury y recogeremos a Oscar y a Cyril.

–Pero ¿adónde vamos?

–A casa.

–Yo no tengo casa.

–Sí que tienes –dijo él, apoyándole una mano en
la rodilla un instante–. Amor mío, nuestra casa.

Después de aquello no dijo nada durante bastante
rato, lo que le dejó a ella todo el tiempo del mundo
para pensar. Pensamientos caóticos que él interrumpió con naturalidad.

–¿Paramos a comer algo? –le preguntó, deteniéndose ante un pequeño pub.

La atmósfera del pub era acogedora, con un puñado de gente ante la barra que charlaba alegremente. Ellos comieron sus sándwiches y tomaron su café
sin intercambiar casi palabras.

–¿Damos un paseíto con Tiger? –preguntó el doctor cuando acabaron.

Caminaron tomados del brazo y Amabel intentó

pensar en algo que decir. Luego decidió que no era necesario: era como si tuviesen todo lo que importaba.

Pero no parecía que fuese así, porque al rato, cuando se detuvieron para contemplar el paisaje por encima de un portón, Oliver se dio la vuelta y la miró a los ojos.

–Te amo. Tienes que saberlo, amor mío. Te he querido desde el primer día en que te vi, aunque no lo sabía entonces. Y luego me pareciste tan joven y tan ansiosa de hacer tu propia vida…, y yo soy mucho mayor que tú.

–Tonterías –dijo Amabel con firmeza–. Tienes la edad adecuada. No comprendo bien lo que ha sucedido, pero no importa… –elevó los ojos hacia él–. Siempre has estado ahí, y no puedo imaginarme el mundo sin ti.

Él la besó entonces y el ventoso sendero se convirtió en el paraíso.

Cuando se hallaban nuevamente en el coche, Amabel, respondiendo las discretas preguntas de Oliver, le contó cómo habían sido las dos semanas con su madre.

–¿Cómo supiste que me encontraba allí? –preguntó, y cuando él se lo dijo, añadió–: Oliver, Miriam Potter-Stokes dijo que ibas a casarte con ella. Sé ahora que no era verdad, pero ¿por qué lo dijo? –hizo una pausa–. ¿Creía que ibas a hacerlo antes de conocerme a mí?

–No, amor mío. Salí con ella unas cuantas veces, pero nunca se me pasó por la cabeza casarme. Creo que lo que ella buscaba en mí, como en cualquier hombre de mi posición, era una vida cómoda.

–Está bien –dijo Amabel, radiante de felicidad.

—Cielo mío, si sigues así, tendré que parar a besarte.

La bienvenida en la casa de lady Haleford sí que fue cálida. Los recibieron en el vestíbulo la señora Twitchett, Nelly, Oscar y Cyril, y los llevaron al salón, donde los esperaba lady Haleford.

—¡Qué alegría verte, Amabel! —dijo al verla—, aunque según me ha dicho Oliver, esta visita será breve. Sin embargo, nos veremos pronto, sin duda. Os echaré en falta a ti, a Oscar y a Cyril. Oliver os traerá cuando tenga tiempo, pero es lógico que primero deba llevarte a ver a su madre. ¿Os casaréis pronto?

Amabel se sonrojó y Oliver respondió por ella:

—En cuanto podamos, tía.

—Bien. Iré a la boda, y también la señora Twitchett y Nelly. Ahora tomemos el té...

—Todavía no me lo has pedido —dijo Amabel una hora más tarde, nuevamente en el coche.

—Ya lo haré —dijo él, lanzándole una breve mirada mientras sonreía—. Cuando estemos solos y tranquilos. He esperado mucho tiempo, cielo mío, pero no voy a declararme mientras conduzco por la autopista.

—No sé dónde vives.

—En una tranquila calle de casas georgianas. Tiene un jardín con un muro alto, perfecto para Oscar y Cyril. Bates y su mujer nos cuidan a Tiger y a mí, así que desde ahora os cuidarán a vosotros tres también.

—¿Es una casa grande?

—No, no. Ideal para que un hombre viva cómodamente con su esposa y sus hijos —respondió ilusionado el doctor.

Lo cual le dio a Amabel mucho en lo que pensar. Iba mirando por la ventanilla la oscuridad, y lo veía todo de color de rosa, tranquilizada por la voz de Oliver de vez en cuando y los tranquilos movimientos de los tres animales en el asiento trasero.

Cuando llegaron, las casas adosadas le parecieron elegantes y respetables, con sus hermosas puertas de entrada y escalerillas hacia el sótano. Una estaba abierta, iluminando la calle con su luz, y alguien esperaba junto a ella.

—Hemos llegado a casa —dijo Oliver, tomándola del brazo.

Amabel sentía un poco de inquietud por Bates, pero no era necesario; este le sonrió como un tío amable y la señora Bates le estrechó la mano con una sonrisa tan amplia como la de su esposo.

—Pase directamente al salón —dijo Bates, abriendo las puertas.

Cuando entraron, la tía Thisbe se acercó a recibirlos.

—No esperabas verme, ¿verdad, Amabel? —preguntó—. Pero Oliver es muy respetuoso de las reglas, como corresponde. Tendrás que soportarme hasta que os caséis —dijo, ofreciendo su mejilla para que la besasen y se dirigió a la puerta—. Iré a ocuparme de tus animales —señaló—. Vosotros tendréis mucho de que hablar.

Salió y cerró la puerta firmemente tras de sí.

El doctor le desabrochó el abrigo a Amabel y, a continuación, lo lanzó sobre una silla, antes de tomarla en sus brazos.

–Esta es una declaración, pero primero, eh... –se inclinó y la besó apasionadamente–. ¿Quieres casarte conmigo, Amabel?

–¿Me besarás siempre así? –preguntó ella.

–Por siempre jamás, amor mío.

–Entonces me casaré contigo –dijo Amabel–. Porque me gusta que me beses así. Además, te quiero.

Había solo una forma de responder a aquello...

Bianca®...
la seducción y fascinación del romance

No te pierdas las emociones que te brindan los títulos de Harlequin® Bianca®.

¡Pídelos ya! Y recibe un descuento especial por la orden de dos o más títulos.

HB#33547	UNA PAREJA DE TRES	$3.50 ☐
HB#33549	LA NOVIA DEL SÁBADO	$3.50 ☐
HB#33550	MENSAJE DE AMOR	$3.50 ☐
HB#33553	MÁS QUE AMANTE	$3.50 ☐
HB#33555	EN EL DÍA DE LOS ENAMORADOS	$3.50 ☐

(cantidades disponibles limitadas en algunos títulos)

CANTIDAD TOTAL	$ _____
DESCUENTO: 10% PARA 2 Ó MÁS TÍTULOS	$ _____
GASTOS DE CORREOS Y MANIPULACIÓN	$ _____

(1$ por 1 libro, 50 centavos por cada libro adicional)

IMPUESTOS*	$ _____
TOTAL A PAGAR	$ _____

(Cheque o money order—rogamos no enviar dinero en efectivo)

Para hacer el pedido, rellene y envíe este impreso con su nombre, dirección y zip code junto con un cheque o money order por el importe total arriba mencionado, a nombre de Harlequin Bianca, 3010 Walden Avenue, P.O. Box 9077, Buffalo, NY 14269-9047.

Nombre: _____

Dirección: _____ Ciudad: _____

Estado: _____ Zip Code: _____

Nº de cuenta (si fuera necesario):_____

*Los residentes en Nueva York deben añadir los impuestos locales.

Harlequin Bianca®

CBBIA3

Danielle sabía que Rafe Valdez estaba totalmente fuera de su alcance y ni siquiera soñaba que él pudiera interesarse en ella como mujer. Solo había acudido a él como último recurso para ayudar a su familia... jamás habría podido imaginar la solución que le iba a proponer.

Rafe conseguiría que desapareciesen todos sus problemas si Danielle accedía a casarse con él y a darle un heredero. Era una verdadera locura, pero una locura muy tentadora: casarse con un hombre tan sexy y compartir su cama... Solo tenía veinticuatro horas para tomar una decisión antes de que él fuera a buscarla.

La mejor solución

Helen Bianchin

PÍDELO EN TU PUNTO DE VENTA

Cuando aquella misión de rescate empezó a salir mal, el sargento Travis Hawks se dio cuenta de que estaba a punto de embarcarse en la batalla más importante de su vida. Se encontraba atrapado en mitad del desierto de Arabia junto a Lisa Chambers, la engreída heredera a la que se suponía que debía salvar. A pesar de las penurias y el calor que pasaban durante el día, una noche la pasión estalló entre ambos sin que ninguno de los dos pudiera luchar contra ello. Pero cuando aquella dura experiencia acabara... ¿acabaría también la unión que había entre ellos de la misma manera que desaparecía un espejismo en mitad del desierto?

PÍDELO EN TU PUNTO DE VENTA

Aquel bebé de mofletes blanditos y sonri- sa de ángel era capaz de derretirle el co- razón hasta al frío Tony Marino. Por muy in- soportable que fuera trabajar con él, Michelle Rozanski no podía dejar que criara al niño solo; sobre todo después de que hubiera he- cho hueco al pequeño abandonado en su casa... y en su corazón. Lo que no es- peraba Michelle era que ella también iba a encontrar su hogar allí. Pero el sueño aca- baría cuando terminaran las vacaciones de Navidad... A menos que el testarudo de Tony se diera cuenta de cuál era su otro regalo... ¡una es- posa perfecta para él!

Sueño de Navidad

YA ESTA EN TU PUNTO DE VENTA